U0902073

梁欢欢 |作品|

活得 漂亮

Live beautifully

青岛出版社
QINGDAO PUBLISHING HOUSE

图书在版编目（CIP）数据

活得漂亮 / 梁欢欢著. --青岛：青岛出版社，2018.4

ISBN 978-7-5552-4816-3

Ⅰ. ①活… Ⅱ. ①梁… Ⅲ. ①散文集－中国－当代 Ⅳ. ①I267

中国版本图书馆CIP数据核字(2016)第259917号

书　　名　活得漂亮
著　　者　梁欢欢
出版发行　青岛出版社
社　　址　青岛市海尔路182号（266061）
本社网址　http://www.qdpub.com
邮购电话　010-85787680-8015　13335059110
　　　　　0532-85814750（传真）　0532-68068026
责任编辑　郭林祥
责任校对　耿道川
特约编辑　李文峰　孙小淋
装帧设计　千　千
照　　排　梁　霞
印　　刷　三河市航远印刷有限公司
出版日期　2018年4月第1版　2018年4月第1次印刷
开　　本　32开（880mm×1230mm）
印　　张　8
字　　数　130千
书　　号　ISBN 978-7-5552-4816-3
定　　价　38.00元

编校印装质量、盗版监督服务电话　4006532017　0532-68068638

建议陈列类别:畅销·文学

爱情固然是极其奢侈的一件事，

没有了爱情，

那人生的玫瑰园便没有了色彩，

孤苦伶仃当然不是我们想要的结局，

怀抱一个五光十色的绮梦去努力活着才不枉来到世间一趟。

一个成功者不是他拥有多少财富，

怎么君临天下，

而是他有一套做人的最基本准则，

这套准则决定了他日后会成为一个怎样的人。

人总是在接近幸福时倍感幸福，

在幸福进行时却患得患失。

也印证了为什么恋爱的时候甜蜜，

而一旦尘埃落定之后就变得枯燥无味了。

我们都在受伤中成长，

伤口愈合了，

所有的痛都埋藏在心底，

当再也无所畏惧地对人浅笑时，

便是重生的开始。

把每一天都当作最后一天来过，

每天醒来，

首先学会感恩，

感谢自己还活着，

然后还要认真做事、认真做人。

你很努力，

这没错，

但请把这份努力用在该用的地方，

而不是一直在那里自我感觉良好，

希望你在将来的日子里投其所好，

一击即中，

在对的时间里做对的事。

引言 现世安稳 岁月静好

怎样把兵荒马乱的日子活成看花赏月？

在这个谁都活得不容易的社会里，或许你正经历着失业、失恋、失婚，当你拿起这本书后，你会发现很多人正跟你一样颠沛流离，然而他们却活得像花一样灿烂，像香奈儿一样精致。

女人嘛，生病的时候想嫁个医生，数学不好的时候恨不得嫁给数学老师，体育不及格了又想自己的男朋友是奥运冠军，不都是这样吗？

这本书就像热得不行时的及时雨，淋湿你烦躁的心，让你透心凉；又像是冬天的火炉，闪出的火花衬着窗外的白雪才更耐看。

人生就如过山车，总有高低跌宕，别说天气影响心情，若是心情好了，就是雨天也是晴朗的。

时间永远是治疗创伤的最佳良药，一旦时日过去，回过头一看，甚至会笑自己当初怎么那么傻。那些不堪入目的曾经成了我们永不磨灭的伤疤，然而并没有什么用，因为我们永远是好了伤疤就忘了痛，下一段恋情再接再厉，不到黄河心不死，就算撞了南墙依旧不回头，大不了绕过南墙，再往前走。

读懂了这本书，才读懂生活是怎么一回事。

我很好，前任再见，是再也不见。

有些酒煮久了会酸，有些醋吃多了会变成酒的味道，最后义无反顾地说一句：看心情。

岁月一直温柔安好。别用回忆煮酒，因为会变酸；别喝太多醋，因为对身体无益。愿你没软肋，不偷窥前尘往事，也不需要身上长满刺；愿我们与爱的人一起携手到老，他抽烟，我就吸二手烟，也没什么不好，是不是？

那些热泪可以留着看电视剧的时候再流，但千万不要对着不爱自己的人流泪。女人，总的来说还是小公举（小公主），头可断，发型不能乱；血可流，泪不能流。待前任悔不当初的时候，正是你风生水起之时。

我与世界和平相处，风很轻，月正圆，我很好，岁月安好！

活得漂亮

目录

目录

CONTENTS

潇 尧

目录 CONTENTS

最重要的是有资格去选择

有人说，爱是恒久忍耐。

我并不反对，但爱情又是什么呢？爱到最后是卑微的，是成全与付出，而所有的成全与付出，到最后的最后是毫无意义的。

我所认为的爱，必须是平等、包容、忍耐、尊重的，缺一不可。

陈心悦跟我语音聊天的时候发出这样的感慨：“以前经常听身边的朋友提起，结了婚根本不是自己想象中那样，以为只是住在同一屋檐下，没想到会那么不堪。”

我问：“怎么了？”

她说：“一个人的时候袜子满天飞没人管，但现在是两个人生活在一起了，是不是要归纳好，要把老婆变成老妈子呢？”

我瞬间想起Selina（任家萱）的婚姻。当初不顾一切走到一起，最后分手的原因却是不够包容。她在节目里说，他不喜欢狗，他没有把衣服放在洗衣篮的习惯等。

这些在外人听起来似乎都是小问题，他不喜欢狗，那就不养狗好了。可是在一个十分爱狗的女人眼里，他是不够有爱心，或不够爱自己，要不然怎么自己那么喜欢的一件事，他居然可以无动于衷？

把衣服放在洗衣篮这件事更是他不爱她的表现，她说：“每次他把衣服扔进洗衣篮的时候没扔准扔在篮子旁边的地上，我去捡衣服的时候都会觉得自己像他家里的用人。”这是他不够尊重她，如果他足够重视她，就不会把衣服扔在地上。

是的，每一个细节都能体现出一个男人对一个女人的心。可是他不爱她吗？未必，一个男人把你当自己人的时候才会把自己不为人知的另一面袒露在你面前，你应该十分庆幸他肯如此不加掩饰地暴露自己最原始的性格。他爱不爱你可以体现在很多方面，而不应该在这些不值一提的细节上，男人嘛，粗心大意难免，不能凭这些小事就断定他不把你放在心上或不爱你了。

到底什么是爱？

陈心悦觉得她老公哪儿都好：为人细心，对她体贴，工资卡主动上交，不抽烟、不喝酒，简直可以说满足了她对男人的所有幻想。

那么这就是爱了，一个男人肯把工资卡交到另一个女人手上，而那个女人又不是他妈的话，那就只有一个理由，爱你才把这么重要的东西交到你手上。

可是这种爱并没有让女人感到满意，人无完人，陈心悦的老公也是有缺点的，他什么都好，唯一的缺点就是懒。

一个人可以懒成什么样呢？衣服不洗，袜子在没人帮着洗的时候穿了又穿，实在穿不下去了就买新的。陈心悦最受不了的是大热天他不洗澡就躺在床上，她把他拉起来说：“你一个人的时候我不管，但现在我跟你在一起了，你是不是得考虑考虑我的感受？”

他辩解：“我早上洗过了。”

“早上洗过晚上就不用洗了吗？你看你，吃个晚饭都满头大汗，一回头就看见你往床上躺，被子、枕头上都是你的味道，你闻着不难受吗？”

他说：“我没闻到啊。”

陈心悦把声音提高了点：“你当然没闻到！自己闻自己的味道都闻习惯了，哪能闻出来啊？关键是你早上出门面对一群与自己无关的人时都把自己清洁干净，打扮得那么好看，回到家里怎么就可以脏成一个让人嫌弃的人呢？”

陈心悦已经记不起为此事吵了多少次了。她每天拖着疲惫的身躯想躺在干净的床上睡个好觉，打开房门迎面而来的却是一股难言的汗臭味，有时她被这味道恶心到了就火冒三丈，跳起来又打又骂，拿起丈夫的手机，扬言要把手机从三十几楼扔下去。

他也受不了，不就没洗澡吗，至于反应那么激烈吗？于是他在客厅沙发上睡，没想到陈心悦又追出来了：“沙发上也不行，你满身臭汗会把沙发也弄脏的。”

他倒好，一个激灵爬起来往房间走去。陈心悦以为他去拿衣服洗澡了，没想到他出来的时候手上拿着野餐用的垫布往客厅的地上一铺：“我睡地上总可以了吧？”

陈心悦哭笑不得：“你这样算什么？分床吗？既然这样，当初结什么婚啊？”

他侧着身躺在地上，任由陈心悦又跳又叫，依然雷打不动。陈心悦最后说：“行，那你就躺那儿吧，别到时埋怨说结婚后被老婆赶出来睡地板就好。我可没让你睡地板，是你自己躺在那儿的。你要睡床也很简单，洗洗干净就躺床上吧。”

他忽然爬起来与陈心悦平视，然后很认真地问了她一个问题：“你喜欢我什么？我改！”

陈心悦一愣，聪明的她只是微微一笑，然后说：“我喜欢你不洗澡就上床睡觉啊。”

他二话不说，拿了睡衣进了浴室，一场恶战就此结束。

陈心悦已经在心里想了一百遍，如果他一直坚持自我，打死不改这个坏习惯，那他们也就缘尽于此了。

她没有洁癖，但也不至于脏成这样，一个男人连自个儿的生活卫生都没搞好，谈什么恋爱、结什么婚啊？

她不想每天吵完架都在考虑跟着他是不是对的这个问题，分手似乎是唯一的解决办法，只是没想到像蛇一样懒的他居然会以那么一种幽默的方式让自己走下台阶，不得不佩服他智商高的同时又感到好危险。为什么好危险呢？事后想想，为这种小事吵起来也真是闲的，再说男人嘛，不就是平时上班累的，回到家就不想动吗？她应该体谅体谅他，好声劝他洗澡什么的才对，毕竟换了谁都受不了别人对自己指责不是吗？

面对男人要懂得用对方法，有时同一句话用不同的语气说出来都有不一样的效果，既然只是单纯地想让他把自己的个人卫生弄好，那耐心地跟他说说就好了，他又不是笨，他只是懒啊。

在他洗澡的时候，她转身回房间换上新的床单，在换床单的时候，她想起冯小刚说的话：徐帆是我太太，她总能把我的坏习惯纠正过来。以前我抽烟，烟头是乱扔的，自从娶了她之后，家里的书桌上有了烟灰缸，车内也有一个。我想，娶了她最自豪的地方就是她教会了我生活到底是怎么一回事。

男人没娶媳妇之前习惯了被老妈侍候，老妈也习惯了侍候儿子，可娶了媳妇之后，媳妇看不惯就会唠里唠叨了。所以，婚后的男人一般会有一种感觉，自己不光是没自由了，就连一些恶习都被一一改正过来了。

听完陈心悦的故事之后，我得出一个结论，就是女人想改造男人也得用对方式方法，很多时候方法不对那就只会让事情越来越糟糕。其实每个男人都有软肋，只不过人嘛，一般是吃软不吃硬的比较多，就好比芳芳的男朋友也一样，我们一群朋友在外面吃饭的时候，他没给芳芳夹菜，芳芳说："喂，你怎么不夹菜给我？"

这种情况男友是夹菜还是不夹呢？夹了好像显得太听女友的话了，不夹吧，又好像不给女友面子。虽然心里挺不爽的，但他还是绷着脸给她夹了一块肉。

事后我跟芳芳说："男人都要面子，特别是在外人面前，你更得注意要给他面子，比如夹菜这事吧，你可以换一种方式去说，不要让他在公众场合感到尴尬也是一种爱他的表现。"

她问："那应该怎么说？"

我说："你可以试着温柔点跟他说你想吃那个菜。只要他听见了，自然就懂得怎么做了，如此一来既能达到目的，又不会让对方感到不爽，你说是不是？"

这世界上没有两个一拍即合的人，也没有只有缺点没有闪光点的人，每个人都有他与生俱来的性格与恶习，能互相影响的两个人才能走得更远、走得更稳。他被你影响变得爱干净了、勤快了，你被他影响变得更懂事了，做事更晓得三思而后行了。这也许就是传说中的爱情了。

我们总是在爱情到来的时候不知道，厌烦那个管着自己的人，可是转念一想，不爱你才不会搭理你呢，你爱咋咋的；只有爱你的人才会不厌其烦地跟你说上一遍又一遍的话，当唠叨变成生活中的一种习惯，哪天你听不见她的唠叨了可能反而会想念。

人总是在接近幸福时倍感幸福，在幸福进行时却患得患失。也印证了为什么恋爱的时候甜蜜，而一旦尘埃落定之后就变得枯燥无味了。婚姻其实不过是从恋爱的甜蜜中落到平凡的柴米油盐里去了，彼此相爱的两个人终于合法、合情、合理地在一起罢了。

什么是爱情?

这个问题大概没有标准的答案，但我可以告诉你的是，爱情就是想他所想、做他所做，不必刻意，随心所欲，因为你的心里全是他，再也容不下别人了。

愿有人待你如初

有心送你，天南地北都顺路；有心帮你，绝不会改天再帮；有心请吃饭，也不会回头再请。一旦“改天”与“回头”就杳无音信，再也没有下文了。

大家心里都明白是怎么一回事，但仍然有些傻瓜会当真，以为“改天”是真的会有那么一天，于是她等，她怀抱希望地等，直到“改天”遥遥无期。

上星期某同事新家开伙，本来也没想着请客，但想到之前欠下的饭局太多，正好可以一次全请了，让大家伙聚聚，让自己的朋友都互相认识一下。说实在话，在北京这座城市能买到房的人不多，都是高兴的事，可是通知发出去后，只有三分之一的朋友到场。

我问：“订了那么多桌子，不来了要不要赔钱？”

她尴尬地笑了笑："赔钱倒不至于，反正没动他们的东西，点多少吃多少，吃不完就打包好了。"

我明白她心里难受，于是安慰她说："刚好碰上五一长假，他们有自己的活动也很正常。"

她叹了一口气："消息是提前一周发出去的，不来的那些我都已经去掉了才订桌子的，如今临时放鸽子的就有一半，你说我能不难受吗？"

"他们都以什么理由推了你的饭局？"我问。按道理应该不至于这样啊，一周前答应了要来，一周后不来，这算什么心态？

她摊了摊手："一个说堵在路上怕赶不过来了，叫我不用等他；另一个去接老婆孩子，结果接到老婆孩子，发现孩子发烧了，你说巧不巧？"

"在这儿喝喜酒一般红包都是500元，他们会不会因为觉得没必要？反正交情也不深，所以就不来了？"

"反正今天友谊的小船翻了很多，不过也好，我也不欠他们什么了。之前还觉得来北京这么久都没请他们吃饭，有点过意不去，现在连仅剩的一点点内疚都全没啦。"她一脸轻松的样子，我知道她还是在意的，一件事看清了那么多人的真面目，还真是有点寒心。

有时候，知道了一些人、一些事，觉得这个世界比看到的还要残酷百倍之后，就只想逃。充满恶意的世界不是绝对的，它一定是人为的，是明知故犯，白白辜负了那些爱她的人。

我知道自己永远做不到厚此薄彼，但我知道我一位男士朋友可以做到这样，在现实与梦想中找到平衡，他一向是一个乐观、豁达的人，而且包容心特强，他几乎包容着一切。

不久前他的一名属下犯了一点错，让他的部门损失了几十万元。我朋友安慰他那同事："别丧气，是个人都会犯错，在这次犯的错误里吸取教训就好，我相信你以后会做得更好。"

我问："为什么不直接炒了他，这种做事粗心大意的人留着有什么用？"

朋友说："你只看见他犯的错，却没看见他建的功。没错，可能一个小数点就能让公司亏损，但他平时做事从来没有犯过错，就连小错都没有。这次是因为他最近一直加班，加上家里出了点事才导致心神恍惚犯下大错的。一个从来没犯过错并且为公司赚下不止几十万元的人，怎能因为一个错误而炒了他呢？"

我朋友看人看事总能瞻前顾后，他是对的。死罪可免，活罪难逃，他决定罚那位同事没有年终奖。但事实上他一个人的年终奖填补不了那个坑，朋友拿出了自己好几年的年终奖才算把那个坑填平了。这事他一直没跟别人说，我是唯一知情的人。他说："都不容易，能帮就帮吧。"

有时候一个人的高大与身高无关，他做过的好事自然会在头顶长出光环，让人看着瞬间觉得他高大无比。

我知道很多时候机会是他给别人的，但也要那个人兜得住才行。他用人是看人的品行，他说一个人能力有限，一个公司或一个部门的存在与生存必须靠团队合作精神撑下去。如果个人品行不行，这个人再出色也没用。是啊，那些净想着打歪主意的人再出色又有什么用呢？

还有一次，我正失业又失恋，整个世界都像塌下来一样，而我投出去的稿子也如石沉大海，一点回音都没有。心灰意懒之际，北京某编辑打来电话："听说你以前做过编辑？我这边有个空位，不知你肯不肯过来屈就？"

这个电话救了我一命。我翻看了投出去的简历，原来自己海投简历的时候被他们选中了。于是我收拾行李，连夜赶到北京。接待我的那个人跟我说公司有宿舍，所以开的工资不高。我说北京住房贵，有地方让我落脚已经很不错了，我表示很开心。

书展的时候我被派到展会现场，却看见了他，我那亲爱的朋友。噢，对了，我还没正式介绍过他，一个幽默感十足、活力100+，既萌又喜欢抬杠的大叔。比如我说："最讨厌QQ车摁喇叭了，十足一副暴发户随地吐痰的模样。"

他会说："奔驰与宝马也会摁喇叭啊。"

是啊，开得起高级轿车的人素质不一定高，我怎么就那么傻呢？

或许一个人的成功是有迹可寻的，所以短剑相搏的时候才会原形毕露，我在他面前就像一个十足的傻瓜。

我喊他大叔，一喊就喊了六年，其实他就比我大六岁。那时我常常幻想，如果我福气好点的话，估计都能成为他媳妇了。

那天北京下着小雪，我起了个大早来到书展现场，外面真的很冷，进到室内又有点热了，我正犹豫着要不要脱下外套的时候，一抬头看见大叔就站在眼前。我眨了眨眼睛，情不自禁地问："是做梦吗？"

他笑，笑起来像我刚见到他那会儿一样，然后他用充满诱惑的声音说道："真是傻丫头。"

我才知道不是做梦，这是真的。他怎么来了？不是说没空过来的吗？

是的，书展的前一天我就给他打了电话，问他是否会出差到这边来。我忘了说，他也是业界巨头，我们现在是同一行业，算是同行。

兴奋过后我拉着他，指着某本书说："看，这是我做的书。"

他笑着拿过那本书，然后点点头："丫头，加油，看好你哦。"

书展现场的人渐渐多了起来，我过来是帮忙的，当然不能站着跟他闲聊，我说："你随便逛逛，我们一会儿午餐。"

很快到了午餐时间，我回到休息室准备给自己倒杯水，在门前转角处听见里面有人提到我的名字，出于好奇心，我没有立马走进去。

是大叔在跟我上司聊天。

一墙之隔，上司的声音清晰地传来："师哥，还好你推荐了欢欢给我，要不然就浪费了这么一个好苗子。"

大叔说："哪里，也要欢欢自己争气。她没别的好，就是干活认真，执行能力强。"

上司说："这女孩子有一种韧性，像小强一样打不死那种。我觉得就算把她扔到沙漠，她都能活着回来的。"

大叔说："到底是女孩子，也有脆弱的一面。她有才气，你好好观察观察，适当的时候提拔提拔她。偶尔也有些孩子气，你得多担待……"

在这之前，我一直以为是自己的简历打动了上司，没想到是有人暗助了一把，这个人从此成了我命里的贵人。

午饭没等到大叔，上司说他回上海了，那边临时有事。他让上司传话给我，让我好好工作。

他是坐早上的飞机过来的，然后坐下午的飞机回去。他真以为来一趟书展是打的士啊，他老人家坐的可是当天没有折扣的飞机。而此番到来，他只是要亲眼看见我一切安好，然后亲口对我说一句："丫头，加油，看好你哦！"

一条微信就可以完成的事情，他却打了个飞的，亲口对我说。

他对我的好我无以为报，本以为可以像古人一样以身相许，无奈他早已有了妻室，家里已无我的立足之地，我也不是那种非要不可的人，就此作罢。

人生充满遗憾，有些是在错的时间遇到对的人，比如我与大叔，也许只是我的一厢情愿，我宁愿真的只是我的一厢情愿。

有时候，知道一些人毫无目的地对你好的时候，你会觉得花是香的，天是蓝的，心是开的。

只是那句谢谢一直没机会说出口。我坦然接受了他对我的帮助，我知道就算有一天我跟他说谢谢，他也会说："那有什么，举手之劳啊。"

他帮我的事一直没向我提及，他不是一个帮了别人就四处邀功的人，况且他一直以为我不知情。

后来我开始写书，开始写一些心灵之作。我想人与人之间存在的那些感情总需要用笔去记录下来，有些感情随着时间越来越深，有些却转身消失于人海。人海茫茫，有时连一声珍重都还没来得及说，就已经彼此相忘于江湖。

然而我的写作之路只是我的一厢情愿，投过N多出版社，他们都不大看好我的稿子。当然，作者没名气是一方面，另一方面是稿子不是大众喜欢阅读的那种，他们没把握能把这稿子变成钞票。

大叔看过我的书，没说好也没说不好。他只是说："对于言情小说我不太懂，不过亦舒也是写了很久很久才成名的。你如果真的喜欢写书，就不应该轻易放弃。”

过了好久好久，我都快忘了自己还有一本已经完结的稿子，也忘了自己投了多少编辑的邮箱，但在我仍然不停地写字的时候，挂着的QQ突然闪动起来。小白在QQ上说：亲，你的稿子完稿了吗？什么时候可以交稿？有空的话，我们可以谈谈稿费的事情。

幸福来得太突然，我几乎不敢相信这是真的。小白与我是同类人，办事速度快、效率高，很快我们就谈好了稿费，第二天签了合同，我那本书终于找到婆家了。关上电脑那一刻，我几乎怀疑是自己日思夜想臆想出来的幻觉。最后捏着合同那一刻才知道，这是真的，我的处女作终于要面世了。

大叔打电话来道喜。

我问：“你怎么知道我的书要出版了？”

他在电话里笑了笑：“那家公司信誉挺好的，你挺走运，第一本书就在大公司出，加油！”

我问：“为什么你全部知道？”

他说：“你忘了，我也在出版界啊。”

我哽咽着说：“你说谎！我的书也是你推荐给他们的对不对？”

他说：“傻丫头，你要相信你自己，你的书写得挺好的啊。我也不是能一手遮天的人，就算他们给我面子，如果你的书没市场，他们也绝对不会做赔本生意的，对不对？”

他这么说我就放下心来了，那一晚我一觉睡到天亮，再也没有做过那些无厘头的梦，再也不担心自己的人生没有方向，再也不会觉得自己是孤单的。

后来听说他因为工作太忙没时间照顾家庭而离婚了，离婚后的他始终一个人。没有人知道他有没有女朋友，但他出现在各大媒体面前，视工作如革命。我知道，有些人可能再也不需要爱情了，一个人强大起来，再也容纳不了爱情的存在。

有一次我开玩笑说：“西装永远两三套，领带脏了自己洗，皮鞋脏了自己擦，你该找个女人一起生活了。”

他这么说：“我很享受回到家只有我一个人的气味，这种感觉就像威士忌加冰，夏天最好的饮料。”

上帝可以做证，我并没有自荐的意思，反而十分欣赏他的豁达。他觉得一个人风里来雨里去，威猛无比，那就够了，其余的，多了便是锦上添花。

我从没放弃过写作，一大半是因为大叔。如果没有他不休止地支持我，我想我早就放弃了。这么多年来，我唯一坚持下来的两件事，一是每天为手机充电，另一件事就是写稿子。

如果没有他的帮助，我或许不知道要蹉跎到什么时候才能成为一个“作家”。如果……

你们一定会问我大叔是谁，我是打死都不会说的。

我只能说，人类的感情很奇怪，有些人天亮说分手，有些人携手一路同行。他嘛，我只能说，前世因、今世果，注定的。我们就像失散多年的兄妹一样，不用每天问候，但如果我有事，他绝对会第一个站出来为我撑腰，不问原因，只问结果；不对事，只对人。

大叔的故事其实很简单，简单到你想不到。

离婚后不少女人主动扑向他，他一般都会问："你要多少钱？"

这句话他是很认真地说出来的，他是什么人？怎么会不知道主动出击的女人有什么企图？一般有素质的女人会知难而退，而一些脸皮比较厚的会开出一个价，他真的会把钱给对方，好像兑现承诺一样。收到钱的女人往往会后悔：刚刚怎么不把数字多报一点呢？

结果有人不怕死，把价钱往死里报，这种时候大叔会说："大姐，我不损你，就你这样子的，我找个泰国人妖都不用这个价钱啊。再说，我连你的手都没碰一下，你哪来的底气，要问我拿这么多钱？"

那女人说："你又不是出不起。"

大叔说："我出得起，当然出得起了，我还可以用双倍价钱买你全家。"

女人脸色都变了："听说你脾气没那么坏。"

大叔笑："当然不坏，能用钱解决的问题，我一般不动手。"

女人害怕了："别，你就当我什么都没说，我这就走。"

后来再也没有女人跟他狮子大开口，他也再不轻易接近那些有企图的女人。

他说："有这时间我不如回去好好睡一觉。经常开会加班熬通宵，我的身体早已不属于我自己了。"

我问："大叔，你不会是不喜欢女人吧？"

我说："我明白了。谢谢你大叔，谢谢你对我这么好！我无以为报。"

嘘，别说话，因为我知道你一定会说："只要以后你也向朋友伸出举手之劳的手就可以了。"

姑娘，可怕的不是一穷二白，而是你甘于堕落

有个小姑娘在微信上问我，她说在如今的公司太苦，明明应聘的是文职，却做着一份打杂的工作，哪里有需要哪里去，下了班还要兼职做扫地阿姨的工作，那些老员工却聚在一起聊天、玩手机、吃瓜子。她觉得被欺负了，心里委屈，问我："欢欢姐，如果你是我，你会怎样？"

我没有直接回答她的问题，而是给她讲了一个故事。

在讲这个故事之前，我咨询了故事的主人公："可以把你的故事讲给别人听吗？"

她说："我有什么故事？"

我说："一个年轻又沧桑的故事，最后成了所有人榜样的故事。"

她叹息："如果真的可以帮助别人，那你讲吧。"

尊重是朋友之间关系长久的一个要素，在暴露别人隐私的时候，先询问一下对方可不可以讲，这叫尊重。如果不能讲，当然要守秘密，不然怎么称得上朋友?

我尊重她，她也知道我用心良苦，于是默许了我的放肆。

我跟那姑娘说：我有一个朋友，家庭环境不好，十六岁初中没毕业就出来打工，一个人在深圳靠亲戚关系进了一家公司。她没工作经验、没学历，工资被压得特别低。但这份工作饿不死也饱不了，除了工资低点，其他一切正常，比如有双休、有节假日、有加班费。

我朋友因为穷，每天都会找借口加班。后来她知道上晚班可以有夜班津贴之后更是主动申请长期上晚班。其实上晚班也多不了几个钱，不过她却觉得趁年轻可以熬夜的时候多挣几块钱贴补家里。

那时候上晚班对她来说其实是享受，因为晚上没有白天的经理主管等盯着工作，只有一个夜班主管主持大局，没有白天热闹，却多了一份宁静。后来她喜欢在寂静的夜晚工作，有一半是那时养成的习惯。

办公室政治哪里都有，因为年轻，所以不知道谁给她脸色看，渐渐地她发现公司的同事开始孤立她。不过没关系，孤立是因为她不善与人交往。但她心里也明白，她不屑与那些整天只懂谈什么化妆品好、什么牌子的手机好的同事为伍，于是想寻找一条出路。那时她上班的时间是晚上九点到早上六点，她下午五点左右睡醒了起床去市场买菜回宿舍做饭，一个人做两个人的量，多的用饭盒装去公司，晚上可以当夜宵。

去菜市场的路上会路过一个发廊，里面的姑娘个个打扮得时尚而美丽。她好奇，多看了几眼，其中一个姑娘朝她招手：“小姑娘，上来。”

鬼使神差地，她真上去了。那姑娘说：“哎哟，这姑娘长得真好看，你看那皮肤白得哟！你是刚毕业的学生吗？”

她看了看门口贴着的那张已经变了颜色的招聘广告，怯怯地问：“你们这儿招人吗？”

那姑娘说：“招啊！来，坐，坐。”边说边一把将她拉过去坐在那张已经破了皮的沙发上。她真心觉得这沙发与这个屋子不配，环顾四周，明明是发廊，却没见到洗发水与剪刀等发廊工具，地上也没有头发。她问：那工资多少？她没问要做什么工作，先了解工资多少再谈别的。来深圳之前，表哥曾鼓励她，别人能做到的她也一定能做到。她认为这些女人能做到的工作她也一定能做到。

那姑娘跟她说：“两千到五千不等，看你工作态度喽。”

正说着，另一个女人走过来拍了拍那姑娘：“等一下出去的时候再穿少点，你看你穿的这条裤子，摸上去都没感觉。换上黑丝吧，人家喜欢黑丝。”

两千到五千的工资在那个时候算是一个天文数字，因为她一个月才拿六百的工资。她没有拔腿就跑，而是说回去考虑一下。别人也没有勉强她，给她留了一个电话，说考虑好了可以打电话给她们。她当然没打那个电话。

后来因为公司的工资实在太低，她偶尔听说在超市里做销售都有一千元的工资。一千元工资对于一个没有学历的人来说实在是一种诱惑，她便辞去了看起来风光无限的文职，去做那种很辛苦的销售。她很努力地在超市里叫卖，老板每次巡场都夸她。但她的工资也是固定的，没有提成。要达到一定量才能拿到提成，而那个量是公司定下来的，没有人能超越，也没有人拿到过提成。她又换了另一份工资高一点、比较轻松点的销售工作。她边上班边抽空想着怎么能赚更多的钱，下了班跟朋友聊起来，朋友说："你可以兼职做其他销售啊，或者去增值一下自己。"

她报了个成人本科班，开始为自己的未来打算。

深圳的雨季来了，她上班的时候穿的黑裤子没干，只能套一条深色牛仔裤上班。没想到被抽检员发现了，要记她的名字。记名字十分严重，损害公司名誉不说，还要扣她的工资。她一想到这么辛苦赚来的钱要被扣掉就觉得难过，一难过就哭了。到底还年轻，彷徨无助的时候找不到人倾诉，只能一个人躲起来哭。

她的部门主管发现了，问她怎么回事，她把事情简单说了一遍，主管说："走，去办公室。"

主管找到那个记她大过的女人说："人家一个小姑娘出来工作

不容易，你就不能先警告，下不为例吗？”

那女人说：“我的工作职责是抽检员工的服装整洁，如果发现有问题而不惩罚，那以后还怎么管别的员工？”

主管说：“你扣她的工资，她的工资会变成你的奖金吗？不会。你为什么不能网开一面，当什么都没发生？”

那女人见主管出面，本来就想有台阶就下，听到这里便说：“那这次就算了，下不为例。”

下楼的时候，她跟主管说：“谢谢你，我请你吃饭吧。”

主管说：“吃饭就不用了，等你升职加薪再请吧。”

之后她上班总会多带一个饭盒给她的部门主管，也不管他吃没吃，就用那种一次性饭盒装着饭带过去，打好包放在他的办公桌上。

一来二去，主管跟她说：“做我的女朋友吧。”

她答应了。

后来主管约她吃饭，前几次都很准时，但后面就渐渐忙起来，主管忙着升职做经理没空理她，她就默默地等待，等到主管好不容易约她了，她兴高采烈地折腾了一下午，选衣服、洗澡、洗头、化妆、喷香水出门，最后却被通知：不好意思，今天临时有个会，要不你一个人先去点菜，我晚点过去。

她真的先去点了菜，一个人慢慢吃着。吃到饭店打烊主管还没来，剩下的菜她打包回了家。那顿饭吃掉了她1/4的工资，她没敢露出小家子气的态度，反而一副无所谓的样子，在主管面前依然笑得没心没肺。

她生日的时候主管又迟到了，他边道歉边说："来得太匆忙，没来得及准备礼物，改天补上。"还没来得及切蛋糕，他就被一个电话叫走了。那顿饭吃掉了她1/3的工资。事后主管并没有把礼物补上，他知道她的资料里填写的个人信息都是真实的，怎么会不知道她的生日是哪一天？

后来她失业了，在找工作那段时间主管联系她，都仅限于电话。他在电话里跟她说："工作找到了吗？没找到？没关系，我养你！"

她笑着问："那你每个月拿多少钱养我啊？"

他说："一千吧，多了我也给不起，希望你能理解。"

她笑着说："好啊。"

开始的两个月他真的每个月给她一千元，加上原先她自己有些积蓄，撑个一年半载完全没问题的。那时她为了主管方便，自己搬出来住，仅住房一个月就要花五百元，还没算水、电、煤等杂七杂八的费用。

第三个月直到月底主管也没把钱打到她账上，她打电话问："那个，我就想知道你之前说过养我的话还有没有效？"

他说："最近炒股亏了，对不起。"

她轻轻挂掉电话："没事，那，不打扰了。"

那个说养她的人，就这样连一声再见都没说便消失在人海。

雨夜醒来，房间里漆黑一片，她像被全世界遗忘了一样在黑暗中颤抖。她在想，高不成低不就的我就注定狼狈不堪吗？她睡不着，于是起来打开灯看书，她知道自己再不努力就更没有出头之日了。有句话是怎么说的？如果不努力，别人想拉你一把都不知道你的手在哪里，所以她要自己争气。

做超市收银员她站不了八个小时，继续做销售员拿一千多元工资她觉得有点大材小用，于是她打电话给前老板："陈小姐，我能回去工作吗？从低做起，拿最低工资没关系的。"

陈小姐说："回来要想好，本来好马不吃回头草，但你以前工作表现挺好，我就破例一次吧。你什么时候可以上班，跟我说一下。"

她说："周一就可以。"

这是一份可以保证她在这个大都市活下去的工作，她必须抓紧，不能再矫情了。好在这份工作除了给她温饱之外，还可以给予她很多时间做她喜欢做的事，比如写她的小说。

回去后的情况可想而知，那些老员工私下讨论她：在外面吃了苦头，回来重新拿最低工资，何苦？

她走的时候基本工资已经升到八百元，如今回来重新拿六百元，加上全勤奖两百元，晚班津贴三百元，一共才一千一百元，但至少比做销售员抛头露面要强得多了。

她依旧申请上晚班，但比之前沉默多了，如没必要，她基本不开口说话。在公司，她没有交心的朋友。可以说，在这座迷人的都市，她也没有交心的朋友。

皇天不负苦心人，她终于拿到了本科毕业证书，接着跳槽到一家上市公司，虽然也是从底层做起，但工作气氛与工作环境比之前那家公司好多了，并且工资翻了两倍，这才是最重要的。

我将这个故事说给那个小姑娘听，她说："我明白了，欢欢姐，一个人应该有自己的目标、方向，所以过程怎么苦都无所谓，只要结局是好的。"

我说："想通了就好，你有专业，但不喜欢做，又想轻松又想有钱，哪有这么完美的事？"

她最后还是纠结："但真的很痛苦，一方面没学历不能拥有一份比较体面的工作，另一方面又讨厌现在的工作环境。如果你是我，你会怎么办？"

我说："如果我可以保证在半年内基本生活没问题，那么我会辞职不干。小公司一大把，不做这个可以做别的。但如果我要交房租又要给家用，那么我会忍。记住，吃得苦中苦，方为人上人。冲动解决不了问题，考虑自己的实际情况再做决定吧。年轻时可以吃点苦，等你老了也不会那么难受。她们排挤你，你就逆来顺受好了，总不至于太过分吧，大家都是出来工作的，以和为贵。"

她说："我明白了，我边找工作边上班，等我存点钱再说。翅膀硬了，还怕飞不起来吗？”

我笑：“明白就好，希望你早日脱离烦恼，心想事成，生活愉快啊！”

听说她后来陆续找了几份工作，其中一个老板拖欠工资，她跟另外几个女孩子只好拿着劳动合同找到劳动局，最后拿回了她们应得的工资。接着她又被迫找工作，因为学历有限，能找的工作也有限，为此她找到了一家中介公司，希望对方能帮她找到一个好的出路。结果呢？中介那边要她先交一千元介绍费，她还真交了，结果被中介公司随便介绍了几份工作，她从这几份工作中找了一个看起来各方面待遇都不错的去面试，到了面试地点一看，哪里是什么公司，明明就是一栋居民楼里破破烂烂的弄堂，公司里只有一个灰头土脸的大姐值班。大姐一见她就把一份入职表递给她，待她填好表之后开口问她拿五十块钱入职费，这时她才意识到自己被骗了，这公司就是一个假公司。

于是她打电话到中介公司那边理论，那边的人厚颜无耻地说：“工作我们已经介绍给你了，也是你自己挑的职业，如今是你不做，我们也没办法。”

她知道中介公司那边的钱是不可能拿回来了，就当给自己一个教训吧。

经过这些之后她才知道我之前跟她讲的那个故事其中的意义，她终于肯沉下心来找一份适合她的工作，并抽空报了个英语班，然后再跳槽到大企业去上班，如今的她每天上班都像打了鸡血一样。

因为她工作认真负责，做事能举一反三，很快被老板看中升职加薪，从此平步青云。偶尔找我聊天，也不再是因为工作上的烦恼事。

工作最忌眼高手低，谁都想不劳而获，你羡慕别人坐在办公室吹着空调喝着奶茶工作，却不知道别人熬了多少个通宵，读了多少书才争取到这个职位；你羡慕别人开着奔驰住着别墅，却不知道别人深夜仍在开电话会议，早上六点就起床赶飞机到另一座城市见客户。

这世界没有随随便便的成功，也没有随随便便的幸福，一分耕耘一分收获，天上不会掉馅饼，懂得这个道理，活着也就没那么多幻想了。

所有借口都是一种自甘堕落的表现，没有人天生是老板或企业家，他们在你还在找借口的时候就已经很努力了，你离不开如今讨厌又安稳的工作吗？不，你只是不敢去尝试，不敢去冒险，这种安于现状又讨厌现状的状态本身就是一种堕落的表现。

姑娘，穷不要紧，不要自叹不如，不要一开口就说“我不行”，很多时候你只是没有用尽全力而已。

触手可及的幸福

“先不说了，电话没电！”

张小伟每次都这么说，然后啪地挂断电话，留下陈怡一个人发愣发呆。记不起这是他第几次挂断她的电话了，以往每次不回家吃饭，张小伟都会主动打电话回来报告。什么时候开始，自己要这么低声下气地问他在哪儿、要不要回来吃饭了？爱吃不吃，饿的又不是她！

陈怡，广告公司主任，在公司是老大，在家是女王，习惯老公侍候，比如拖地、煮饭、洗碗、洗衣服之类的粗活全是老公干，心情好的时候她会下厨炒两道菜，那已经很了不起了。碰上心情不好，放在厨房三天没洗的碗，第四天她还是不会主动去洗一下。

与老公吵架，她动不动就说：“我一直都是这样的，你又不是不认识我，我什么时候变了？以前你就干这些活，拍拖的时候你连底裤都帮我洗呢！”

她习惯精神恋爱，不在乎物质，只要精神愉快了，穿地摊货、背冒牌包包一样活蹦乱跳的。她还是典型的天秤座，爱美、爱纠结、精神洁癖患者，可以忍受生活的邋遢，却不允许感情有一点点瑕疵，前男友就是因为一脚踏两船被她发现后分手的。

她的老公张小伟是典型的言听计从型，所有人都觉得他是模范丈夫，让他往东他不会往西，让他喝粥他不敢吃饭。她写广告方案的时候，他煮饭、拖地，干完这些活就安静地窝在沙发上看电视。这一对天作之合在一起十年，一直和平相处、相安无事。追溯起来，还是那天陈怡第一次见到张小伟的时候被他阳光般的笑容吸引，之后倒追，成功之后，张小伟一直将她捧在掌心里，视她为女王，从来不敢对她说个不字。

她从来没想过，在她的淫威之下，张小伟也会做一些隐瞒她的事。

电话一直响，她挂断后再重拨，如此拨了三十多次，他没接。她打到他妈那里，跟他妈说：“妈，你说小伟不会是出了什么意外吧？”

婆婆安慰她，劝她别瞎想，可是从来没有夜不归宿的张小伟如今却不知所终，已经快凌晨一点了，这个时间，怎能叫人不瞎想？

第二天早上八点，张小伟回来了，一身疲惫，像是整晚没睡的样子。她问：“要吃早餐吗？”

“不用。”他回答，然后回了卧室，连澡都没洗、衣服都没换就躺下了。从敞开的衬衣领口处，陈怡看见了触目惊心的吻痕。

事后婆婆打电话来替儿子解释，他没接电话是因为喝醉了。陈怡冷笑，一句话都没说，胸口堵得慌。她宁可相信他真的喝多了，被不知名的小姐在脖子上留下印记，也比承认他在外面有小三来得好。说到底，逢场作戏与有感情、有金钱纠缠的小三更能让人接受啊。

没过多久朋友发了几张照片给她，不同场景、相同人物，清一色是张小伟开车带着那个看起来春风得意的女人游荡在各大名店。朋友的妹妹是做名牌化妆品的，她说：“平时张小伟会带那女人去买化妆品，一买就好多，出手很大方，对那女人很好。我就不明白了，他早晚接送那女人上下班，还陪逛街，这待遇你都没有吧？”

陈怡苦笑：“人家是情到浓时。”她叹了一口气接着说：“我也不明白，那女人到底是手断了还是脚没了？他干吗凑那热闹？”

朋友说：“有时我挺佩服你的，到这关头还临危不乱。”

只有陈怡知道，自己是心乱面子不能乱，大家都等着看她大吵大闹出洋相呢，她偏不。这不是死要面子活受罪，而是不能如那贱女人的愿。就让那女人得意几天吧，只有她清楚地知道张小伟就是表面风光，车是贷款买的，购物的钱都是刷信用卡的。说白了，张小伟就是一棵空心树，随时有倒下来的危险，谁靠谁死。

冤家路窄，终于有一天两个女人碰上了。那天陈怡下了班出去溜达，路过某商场，看见很多牌子在换季打折。她买了围巾和几件羽绒服，正准备回家，发现自己肚子在抗议。楼上新开的餐厅也在打折，她作为一个家庭主妇，习惯了省钱，于是上去准备试新菜。电梯门一打开，张小伟与那女人并肩站在她面前，张小伟拿着一个蓝色的女包，笑容在看见她那一刻僵在脸上。

陈怡默默地看着他们俩，像在看一出狗血电视剧一样，脸上毫无表情。

她越是没表情，张小伟就越慌："陈怡，有话回家再说。"

她摇摇头，瞥了一眼那个蓝色的女包，真刺眼。她问："她是手断了吗？"

张小伟急了："陈怡！"

"平时我要背包包，还要拿着公文袋，怎么就不见你帮我提一下包包呢？"陈怡在小事上计较，并不是真的计较，而是发现这个男人可以做得更好，却偏偏对她视若无睹。又或者，他对她的好已经转移到别的女人身上了，她不甘心。

张小伟认怂地将那女人护在身后，陈怡冷笑："怎么，她比我高半个头，还担心被我打吗？"

她正准备侧身从他们身边走过，张小伟一把拉住她的手："其实，我们不是你想的那样。”

她回头：“那是怎样？”她看了一脸无惧的女人一眼，“还是你想我承认她，默认你们？是你太幼稚还是我太傻？张小伟，你以为你是皇上吗，到这个时候还想左拥右抱？”

那女人开口：“说话别太过分！”

“过分？”陈怡目光如炬，“勾引人家丈夫、拆散别人家庭的人，有资格说别人吗？”

张小伟抓住她的手一用力：“陈怡，你听我说。”

陈怡依然面带微笑：“张小伟，我真觉得两年前那场车祸没把你撞死是一个遗憾，真的。”

吃饭的时候陈怡点了一瓶二锅头，一杯接一杯地喝，最后哭得哗哗的。

很多事听说是一回事，猜测是一回事，被证实又是一回事。张小伟你个王八蛋，居然找一个长得比我丑还没素质、没教养的女人，在我放弃你之前你居然先离我而去！呵呵呵，你够狠！孬种，有本事跟我离婚啊！不知廉耻地一拖二算什么英雄好汉？

一包纸巾用完了，她的眼睛肿得像馒头一样。酒精上头，她整张脸红得像关公一样。事情过去都快两个小时了，放在桌子上的电话响都没响一声，张小伟算是放弃她了。

她的样子看起来就像失恋，服务员都离她远远的，没事绝对不过来。

她醉眼蒙眬地抬头看向四周，她的周围像是被人划下界河一样空出一个圈来，她苦笑不已。不远处坐着一对男女，男人垂着头，女人直着身子，像公主一样让他侍候着，不时挑出不好吃的菜，过一会儿又嫌茶凉了，催那男人喊服务员换茶。作为男人，这些本来不用说都应该主动去做。那是在热恋初期，习惯以后大家都喜欢各顾各的，填饱肚子赶下一场。偏偏女人觉得男人对她不重视了，不时使唤他。男人终于怒了："我又不是你爸，你没手没脚没嘴巴吗？你不会自己夹菜，不会喊服务员换茶？在没遇到我之前，你是怎么活的？"

陈怡冷笑，摇晃着身子站起来走过去："她没遇到你之前活得好好的，遇到你之后才变得矫情，因为她习惯了你对她的好。你敢说你追她的时候不是连她上厕所都恨不得递纸巾吗？"

男人生气了："你谁啊？我们俩的事哪轮得到你插嘴？"

"你闭嘴！最看不惯你们这些明明习惯装小二，又想在女人身上感受成就感的男人了。别以为她弱小你就可以装大爷，咱能不能一开始就大爷，然后一路大爷下去啊？既然选择了小二这条路，就走到黑啊！凭什么人家当了二十多年的公主，转眼就要当丫鬟啊？你欺负她，不就是因为她爱你吗？她若不爱你，你哪儿凉快哪儿去！"

陈怡觉得酒一下子就醒了，骂人骂得好爽。这种又想娶老婆又不把老婆当回事的男人，就该教训教训！

男人也不跟她理论，转头高声喊：“服务员，你们店怎么什么人都放进来啊？”

陈怡被服务员赶走之前，对那女人温柔地说：“还好你还年轻，可以重新来过。找一个把你当女儿的男人吧，分手两个字也不是很难说出口。天下何处无芳草，何必为了一棵树放弃整片森林？”

被服务员赶出去后，陈怡的意识就越来越清醒了，看着城市的街灯把路面照得发亮，她想起很多年前，也是在这样的路灯下，张小伟用自行车载着她去上班。那时的她很开心，拿着一千五百元的工资依然笑得很开心，吃着面包、喝着凉白开依然很开心。住在租来的房子里，厕所天天堵，对面住着一群小姐，每天夜里回来都要吵上半天，她拉过被子蒙住耳朵，依然睡得安稳。

不知什么时候张小伟变了，或许人都会变的，就看是变好或是变坏。而她依然站在原地，就像十年前一样，依然花布裙子配白布鞋，从来不觉得黑丝袜是一种诱惑，也不觉得自己的花裙子有什么不妥。这么多年她已经习惯了张小伟，张小伟却贪新鲜，今天看到的那个整容女就是一个例子：大长脚穿着七寸高跟鞋，黑丝、长发、大墨镜、真丝围巾、真皮大衣，要多时尚就多时尚。反观自己，粗布衣、不修边幅的造型，跟时尚搭不上半点关系。

可她就是她啊，跟她的内心一样纯净，一直都没变。

她给张小伟发了条信息：离婚吧。然后她随手把手机扔在床上，倒在冰凉的地板上。她想不起自己是怎么回家的，好像是走回来的，回来的时候数着街灯，那种感觉特凄凉。

一夜长大才发现自己被人抛弃了，她是天底下最可怜的人吗？不，她还不配做最可怜的人。她还有个孩子，那个懵懂、天真无知的孩子小小年纪就要面临家庭分裂，想想就让人心痛。

大人有自我疗伤的本领，可是孩子呢？

如果孩子知道事实真相，会不会留下心理阴影？对这世界失望、缺乏应有的安全感？陈怡头痛欲裂，这婚是一定要离的，自己的人生要自己负责。

离婚不容易，房子好分，可孩子呢？这场孩子抚养权的拉锯战持续了两年，她一个人先搬了出去冷静冷静，两年内孩子由张小伟带。跟陈怡所想的一样，直到张小伟没能力去带孩子了，她才回去把孩子带出来。

她并没有把离婚的消息扩散出去，主要是觉得离不离婚是她的事，离了婚，也不见得自己缺了男人就会死。日子总是要过的，如果离婚了还吃得下、睡得着，那么这婚就离对了。

以前不懂这些道理，现在她全懂了。

自由很重要，钱也很重要，她努力工作，天天向上，就是想让自己跟孩子的生活能更好点。

直到有一天，那个知道她已经离婚的外国籍老板对她关怀备至，她才知道这个一直未婚的男人对她有超越友情之情。

她一直是个爽快的人，当初与张小伟结婚是她先提出来的。那时她觉得已到适婚年纪，既然感情稳定就该定下来，为往后的日子好好筹谋打算。又比如跟张小伟离婚也是她受不了自己的男人去对另一个女人好，所以她挥剑斩断情丝，死活要跟张小伟离婚。

如今，她知道老板对她有意思后就直接约了他出来，因为她觉得信息与电话都不够诚意。面对面坐下来后她先开了口："你喜欢我？"

四十岁不到的老板脸一红，点头："是。"

"其实我没你想的那么好。"她已经准备发好人卡了。

"我知道。"

"我还有一个孩子。"

"知道。"

"目前我以事业为重，还没想过找男朋友。"

"我明白，我会等你。"

最后她坦言："为什么是我？"

这回轮到老板滔滔不绝了："我了解你，你独立、有主见，这些都是被逼出来的。如果一个女人能有一个为她遮风挡雨的男人，谁愿意冲在前面像个女超人一样？你看起来什么都无所谓，其实只是掩饰你脆弱的内心。你的笑容后面有太多苦涩，偏偏不想让别人看出来。你害怕别人以怜悯的目光看你，于是你笑面迎人，甚至在说离婚的时候，你其实还想给他最后一次机会。你清楚地知道十年的感情不是白过的，你希望他回头，你可以当什么都没发生过，依然一家三口过日子。但同时你也明白，那个男人选择了那个女人之后便再也没有回头路，自己选的路，跪着也要走下去；泼出去的水，你是打算连盆子都不要了。”

在他说这些话的时候，陈怡已经泣不成声。她的伪装、她的脆弱都被他看得清清楚楚，她以为自己都可以当最佳女演员了，原来还不是。

他伸手替她擦去眼泪，对她说：“别撑得那么辛苦，工作压力大，那就让我来养你！”

她像听到一个最好笑的笑话一样，破涕为笑：“你以为是养一个宠物吗？”

“如果宠物是河马的话，相信比你吃得还要多。”

很多人以为丢的是西瓜，其实丢的是芝麻，一转身捡到的才是西瓜，比如陈怡。那天从那家餐厅出来的时候，她身上披着老板脱下来的大衣，跨进宝马车，朝市中心最繁华的商住楼开去。

很多人以为捡到的是西瓜，其实丢的才是西瓜，比如张小伟。三年后，他只有从互联网与新闻报道中才能知道陈怡的最新消息，他的前妻已经成为最出色的资深广告策划人，如今红遍大江南北，他却重复着十年前的生活。

我们都在受伤中成长，伤口愈合了，所有的痛都埋藏在心底，当再也无所畏惧地对人浅笑时，便是重生的开始。

别人给的爱，无论深浅都是无害的，如果不能相伴到老，那就好聚好散吧。给自己拥有幸福的机会，也放别人一条生路。

在感情的路上，切忌拖拉，错失拥抱幸福的机会。在痛苦中沉沦，对人对己都是一种残忍。

有些幸福，放开不爱的才配拥有爱的。爱与被爱，其实看心情，看你怎么看。别拿不甘心做借口，只有放开，才能空出位置接受别人，接受那个爱你多于爱自己的人。

你找的借口都是为自己开脱

莫嘉嘉洗澡的时候，两岁多的儿子拿着她的电话乱按，不知道怎么就发了好多表情到微信群，也私信了好多人。不会打字的他一律发表情，也不知道他遗传了谁，这么小居然就会发表情了。

已经不止一个人投诉过了，一两次也就算了，经常这样真的会影响别人的生活与心情。曾丽私下跟莫嘉嘉说："管管你儿子，要宠，但不能纵啊，这么小的孩子，最好别把手机给他玩。"

人家是好心，莫嘉嘉却不领情："孩子还小，懂什么，你们就多包容点吧。你的女儿不也有一部手机吗？"

"我女儿的手机是拿来跟我联系的，怎么能一概而论呢？再说，她也不会到处发信息骚扰别人。"曾丽有点吃力不讨好的感觉。

莫嘉嘉说："你女儿那么大了，当然不会乱发信息啦。"

这都什么跟什么啊！曾丽突然觉得有点累，是心累。面对莫嘉嘉的强词夺理，她真觉得这个好人是白当了。自己是好心提醒对方，要宠爱孩子，也要教育孩子，而教育孩子必须从小教起，怎么到了莫嘉嘉这儿，就说不清了呢？

大概很多人都遇到过类似的情况，自己好心告诉别人别走这条路，走另一条路会少走很多弯路。偏偏那个人不听，一意孤行，结果发现错的时候为时已晚。

时间回到两年前，当大伙知道莫嘉嘉未婚先孕，而孩子的爸爸是一个六十多岁的老头子时，都觉得不可思议。身为朋友的曾丽也曾关心地问她："那老头儿钱多吗？最好每个月固定给你几千元家用吧。有钱的时候省着花，你也知道，人老了什么事都有可能发生，指不定哪天他走了，就留下你们娘儿俩了。"

面对她的关心，莫嘉嘉一如既往地冷淡："放心，有事也不会麻烦你的。"

看看，这是什么话！人家是真的发自肺腑地关心她，她不当一回事就敷衍几句好了，可她连这种场面功夫都不做，说明了什么？说明她自己也知道前路难走，为了所谓的自尊，封死了自己的后路。

她是没办法回头了，但我很想问问她：到底是她的自尊重要，还是活得好比较重要？人之所以是群居动物，就是因为我们指不定哪天就需要别人帮忙；我们之所以有朋友，不光是为了有福同享，还更因为有难同当。这么浅显的道理，莫嘉嘉怎么就不懂呢？

所谓的生活，也不过是个人选择而已。既然选择了这条路，跪着也要走完。本来她也没什么错，为什么要拒绝朋友的帮助呢？

有一次我见到曾丽，曾丽跟我说起莫嘉嘉。我找了个机会跟莫嘉嘉说："如果我是你，我会接受朋友的帮助。俗话说十年河东，十年河西，一生这么长，谁都有需要别人帮忙的时候。他们也许觉得是举手之劳，根本不需要你还，你也不必因此当成心理负担。反过来说，哪天他们有困难了，刚好你可以帮上忙，不是挺好的吗？"

她泣不成声："我走了这条路是迫不得已，自己自尊心强，不想被人看低。"

我柔声道："单亲妈妈怎么了？外国不知多少女人选择做单亲妈妈。她们把孩子放在托儿所，下了班再去接。孩子大点，有各种服务中心可以放着。周末上兴趣班，好不容易休息了才有空带孩子出去玩，有些因为休息时间跟孩子不同步，逼着他们分开，同在一个屋檐下，见面的时间可能就只有两三个小时。自尊心要有，但不能太强，要不然最终会被自己的自尊心害了。自卑来自不自信，如果你觉得无所谓，那么别人便无所谓了。其实生活不是过给别人看的，自己幸福快乐才是王道。"

她当然明白，只不过是之前没想通而已。

在我国，单亲妈妈或单亲爸爸已经不是什么新鲜话题了，更不是悲剧，只是略微不幸而已。

做力所能及的事，过自己的幸福生活，别活在别人的目光之下，就会快乐很多。对别人怜悯的目光坦然相迎，不吃不喝他们一口，凭什么就好像做了什么见不得光的事一样佯装坚强？

跟好友、闺密约会时，带着孩子出去，哪天需要帮忙，喊一声，是朋友都会站出来帮你。

年纪越大，朋友越多，可真正留下来的，就那么三两个，别让你的自尊伤害真正关心你的人，那份感情一旦被伤害，你用钱都买不回来，而后悔药早已在家等着你，何必呢？

我也认识不少未婚先孕或离异单亲家庭。李茜就是其中一个，她把三岁的儿子放在幼儿园，下了班第一时间赶过去接孩子，有时加班就让孩子在园里吃晚饭，晚一点没关系，跟园长说一下就好。如今的社会已经很包容那些有需要帮助的人，所以园长也十分体谅类似她这些单亲家庭的孩子。

至于周末，如果自己要加班，那就把孩子放去爷爷奶奶家，毕竟是他们的孙子，也不至于老死不相往来。对于前夫，她与他保持着友好的关系，不能做夫妻，依然可以做朋友，毕竟中间还夹着一个孩子，如果再不行，那她也会带着孩子上班。

很多女人周末加班都会带着孩子一块儿去，只要把孩子教好，他会很懂事，很安静地等你下班。

而孩子也会很快长大，似乎是一眨眼的工夫，你会惊叹那个曾经被抱在怀里的小小人儿已经上小学了，那么这个时候你就要教他独立了。

李茜就是这样，孩子上小学三年级她就训练他独自上学，放学的时候中午留在午托，晚上一个人回家。李茜会把公交卡、钥匙等都交给他，叮嘱他要保管好这些东西，回到家第一时间写作业，如果写完作业可以看半个小时电视，如果厨房有碗没洗，那么要帮妈妈洗干净碗，等妈妈回来煮饭。

一个女人带着孩子过有什么关系？最重要的是跟孩子建立一种朋友关系，跟他讲道理，告诉他什么事可以做，什么事不能做。就好像莫嘉嘉一样，如果不告诉儿子不能动妈妈的电话，他会以为妈妈的电话是可以随便发东西出去的。

这样一来对你的那些朋友自然会有影响，而影响最大的还是你的孩子，因为你一开始就没有灌输给他正确的人生观，在该喊停的时候没有及时制止，你的纵容最终会让他分不清这么做到底是对还是错。

家庭教育的灵魂是人品教育，而什么叫人品教育？就是得告诉孩子一些正确的是非观。俗话说三岁定八十，等孩子的一些习惯已经形成再想纠正过来是不可能的，应该在他还小的时候就培养他有一个良好的习惯。

一个成功者不是他拥有多少财富，怎么君临天下，而是他有一套做人的最基本准则，这套准则决定了他日后会成为一个怎样的人。

比如一个人是有礼貌的，他碰见一些熟人会主动打招呼，在公司看见一些陌生人也会点头示好，这就是作为父母要教育孩子的。一个本身就不爱搭理人的父母，很难教出一个有礼貌的孩子。

而如果你的孩子没有被教育好，在外面惹事了别人会说：这孩子的家教不好。他们不追究他的老师、他的叔叔阿姨，而是直接追究父母。养不教父之过，而如今的社会很多家庭都是母兼父职，那么人家只会说有其母必有其子。

日后你的孩子没出息，问题不是他资质平庸，而是出在家庭教育上。

奉劝天下父母一句，正因为孩子小才要教，等孩子长大了再教就晚了。首先他不会听你的，因为他已经有了自己的一套；其次，长大了很多坏习惯已经形成，再去改真的很难。

教育孩子，请从孩子很小很小的时候开始。

总有一些人会让你怀疑人生

对于那些表面爱装的人，我一般是笑笑，不拆穿，也不冷嘲热讽。大家都知道他在装，我干吗要去当丑人，干那种损人不利己的事？

很多人问我写作的状态，我一般会回三个字：看心情！

就像某天，我心情糟透了，看着镜子里那个满脸通红的我，差点认不出自己。一不高兴就多喝了几杯，本是常事，偏偏令人想起那些不愉快的事。或许弄丢一份工作是很多人正在经历的事，可是我被某些人恶心到了。

时间回到半个月前的中午，我与K先生约好在合肥见面。因为是他约的我，所以我觉得车费什么的报销不是很正常吗？当然，如果他认为不合理，大家约在上海见面就好啦，干吗要跑那么远？

工作的事情本来可以视频面试、电话沟通，他是我前老板的朋友，对我的人品可以通过我前老板了解得一清二楚。他约我的时候是这么说的："你明天有时间吗？下午或晚上到合肥也可以。这边主办方举办了一个派对，包食宿，你只管过来吧。"

而我知道主办方根本没把我的预算加进去，换言之我就算过去了，包食宿的也是他，我必须要跟他住同一个房间，才算是包住。

听起来好像挺不错，实际上他是想在异地占我便宜。

而这个case，我又一定要拿下来，这样对我以后的事业都会有很大益处。当时我是这么想的：不入虎穴，焉得虎子？只要我坚守住底线，把握好分寸，他也不敢把我怎么样！基于这次合作对双方都有利，我只要拿出很强的职业素养和专业方案去说服他，我相信会让他信服的。

事情有变，是第二天他没给我订票，他认为我就过去待几个小时，第二天一早他要回苏州，而我要回上海，他于心不忍。

好吧，这借口勉强过得去。我当然明白，事实是他舍不得那来回五百多元的车票。

于是再约。一周后，他跟我说过几天到上海来，希望我能抽空见面。我说没关系啊，不是说等有一天碰个面好加深了解吗？其实我一直不明白为什么非要见一面不可。再强调一遍，我的工作真的没必要面试，只要彼此达成协议，就可以开展工作了。就好像我跟小白，签合同前我们连照片都没交换，甚至连电话都没通过就签了，合作主要是互相信任嘛。

然而对方坚持见面，我也只好适当让步。见面后，他那大灰狼的尾巴终于露出来了。见面后三个小时，终于把工作谈好，他接受了我提出的工作条件，我也接受了他开出的要求。一开心，我就话多了起来，多嘴问他今天晚上住哪儿、订好酒店没，这也算是一种朋友间的关心吧。

他说没有，问我那儿方不方便让他住一晚。

我当时就愣住了：大哥，我一单身女的，你好意思来蹭睡？蹭吃蹭喝的我见多了，还真没见过蹭睡的。

我尴尬地笑了笑，找不到话题推搪过去，因为这么赤裸裸的“表白”我还真没遇到过。我想说：附近的酒店在搞活动，我刚好有会员卡；又或者说：那个，我喜欢女人的啊！可是看他认真的表情，我反而不知道要怎么接下去了。

我干咳了几声，终于还是选择了坦白：“明天我就要离开上海，之前就跟你说过的。”我停下来喝了口茶，继续，“如果你前几天来，我还可以让出我的床给你睡一晚，大不了我跟隔壁女孩挤一晚就好了。可明天租我房子的人一大早就会过来签合同，怕是不太方便。”

我说得虽然婉转，他的脸色还是变得十分难看，他是算准了我不会拒绝他的吧？

就这样，我们在地铁站说了再见，临走前他伸出右手：“希望以后合作愉快！”

出于友好，我也伸出右手：“谢谢。”

就这样我回了广东，半个月后跟他说可以开始工作了，他却跟我说了一大堆，大意是前期需要磨合，先把资料发我，让我先写，算是试一下我的文字功底，再决定是否录用。

电脑前的我瞬间想骂人。大哥，你这是逗我玩呢？之前聊的三个小时白聊了？还有，之前的承诺呢？我想起他曾经跟我说过，他是一个离了婚的人，现在带着两个孩子过，离婚是老婆提出的，瞬间我又原谅了他。

我终于明白他为什么离婚了，一个男人在决定做一件事情之前思前想后没关系，但决定了之后还犹豫，相信没几个女人受得了。特别是像我跟他这种合作关系，如果一开始就不信任，那往后的工作根本就没办法开展。

既然如此，又何必在离开的时候惺惺作态，说什么合作愉快呢？

现在这个社会，人们已经没时间、没精力去猜你到底想干什么了，谁都不是谁肚子里的蛔虫，那么，就请有话直说吧。

我真觉得他的优点挺多的，比如做事稳重、细心，然而他的缺点盖过他的优点的时候，就觉得没必要深交了。

当你在跟他谈合作的时候，他在跟你谈其他。这个世界总有人让你怀疑人生。那便是，不论你专业素养有多强，不论你的方案有多好，如果遇到有企图心的人，而他们想的或许仅仅是男人那龌龊的私欲，这时应该怎么办？

别无他法，只能有多远就离他多远，最好这辈子都不会再有交集，老死不相往来。

愿你有喜欢的人，也能被人喜欢

没经历过的人是没有“感同身受”这回事的，这话很苍白，却是实话。就算经历过，每个人的感受也不可能同步，因为每个人的承受能力不一样，接受与处理方式不同，最多体会后只能明白并了解，然后一转身，各自生活、各自忙碌。毕竟，感同身受是一个十分虚伪的词，它跟美丽、漂亮、帅是一样的。

已经分开两个月零七天了，慧枝依旧会在梦中梦见他，梦见他牵着那个女人在各大商场购物，大手一挥：买!

她几乎每天都会在半夜大汗淋漓地醒来，梦境太真实，已经分不清是梦还是现实了，直到发现房间内漆黑一片，她才知道刚刚那个确实是梦。

口干舌燥，她鬼使神差地起来替自己倒了一杯水，那个杯子还是宣浩给她买的。她握着那个冰冷的杯子，知道自己是爱他的，可是他早就不爱她了。

在漆黑中坐在客厅的沙发上，这里的一切都有他的影子：沙发是他买的，墙纸的颜色是他选的，就连牙刷的颜色也是他选的，她就像个傻瓜一样，在旁边只负责点头就好。

似乎每个提出分手的人都是自己搬出去的，但慧枝不一样，她提出分手，然后把宣浩赶出去了，因为她除了这个家不知道还可以去哪里。

离开家，外面就是人海茫茫，她没出息地选择了留下来。她懒啊，以前有宣浩替她打点生活中的一切，如今一切都得靠自己，出去她怕不适应，不走又被回忆折磨死。

从初中开始她就跟宣浩形影不离，直到今年参加工作。这么多年以来，慧枝一直以为不善言辞的宣浩是爱她的，只不过他对她的爱是用行动来表示的。

她看过两眼以上的衣服，准会在某个时刻出现在她家里；她喜欢吃的东西、喝的饮料他一准记得；他把家里弄得像酒店一样干净整齐，他会在洗完碗后切一盘水果出来供她享用……把她当公主的男人，除了她爸就数他了。

也不知道从什么时候开始，他开始晚归，有时候干脆彻夜不归。开始有朋友在某咖啡厅、某餐馆看见他与某个女人的身影，他们已经光明正大地在一起了，可是他没有跟她说分手。

慧枝想，如果他开口，她是不是就正式被甩了？于是在他开口前，她抢先了一步：分手吧。

至少甩与被甩是有分别的，自己不要，与自己想要却被抛弃怎能一概而论呢？

每每想到这里她就心酸。

她是甩了他，可是甩得那么心不甘情不愿。她这才明白，甩掉一个还爱着的人，比被人甩了还要痛苦。

终于有一天，她忍不住打电话问他："为什么这样对我？"

"想知道原因吗？"

"真相。"

"你从来没有给我倒过一杯水，我下班回家你从不问我累不累、饿不饿、在外面吃过饭没有，你不知道我穿多大码的鞋、多大号的衣服、我的头发多久理一次、我跟谁去晚餐，你在工作的时候讨厌别人打扰，却在我工作的时候来打扰我。你知道什么叫'己所不欲，勿施于人'吗？"

他说的全是实话，以上种种，她真的都没做到。

"你不知道什么叫相爱，你享受着我给予你的一切，理所当然。"

她辩驳："男人不都这样的吗？对女朋友不应该呵护守候吗？我又不是你家丫鬟，干吗要做洗衣做饭的事啊？"

"你看看，你还有理了。"

"是你看看，你开始要回报了。可是你一开始就知道我什么都给不了你，只有人一个，你要就拿去，拿去后就要保护好。你现在才发现，心理不平衡了？”

“那你问我干吗？”他很不爽地挂掉了电话。

据说，那女人小鸟依人，会把好吃的都留给他，而慧枝只会吃不完时才给他；那女人会替他洗衣煮饭，甘愿做一头孺子牛，慧枝做不到，她觉得两个人是有感觉才走到一起的。你对我好我接受，你也应该是觉得我可爱才爱我的，既然这样，平等的身份，干吗一高一低？

到现在她才发现，原来男人计较起来不是人。

要命的是，她一直以为无条件地付出才是最深的爱，真是错得离谱。

所有的事情都是有因才有果，他是爱过她的，只不过仅限于爱过，然后发现自己付出的一切得不到相应的回报，于是他就不爱了。

所有的感情都不会无疾而终，这一种叫“冰冻三尺，非一日之寒”。

他走了也好，不然老想着他会走，但从此之后她也开始重新审视自己的爱情了，当然，她仍然认为女人就应该被男人捧在手心里呵护着，出去男人是埋单王，回家就是听她使唤的那个人。

但她也认为，女人应该适当地作出回应，就像那个在公主的窗外站了九十九天的男子一样。如果在九十九天不去回应他，那么他是不会等到一百天的，他会走，因为他在这段感情中看不到希望，只看见自己付出，他甚至不知道公主是否真的爱他。

再也没有什么为了爱甘愿付出一切了，所有的爱都是交换，你喜欢我年轻貌美，我喜欢你成熟稳重，爱情一直是双向的，你爱我一点，我会爱你多一点。如果知道再前进一步会受伤，那么也会适当地退后一步，是保存了颜面，也保存了自尊，更保存了容易受伤的心。

谢谢宣浩给她上了一课，爱情不光是爱，还要付出、给予关怀，而两个人彼此之间的地位是平等的，他为你付出了什么，你就得为他付出一些什么去做交换，而一味接受的那不是爱情，那是亲情，就像父亲对女儿付出一切从来不问回报一样。可是这个世界上只有一个男人是你的父亲，其他的都只是普通男人，他们也渴望被爱、被关怀。

如果遇到一个真心对你好的人，那么不妨把自己的姿态放低那么一点点，用同样的爱去回报他对你的痴心一片才叫懂得珍惜的爱情。

在这里必须奉劝所有姑娘一句，任何道理都只是道理，或许你都懂，只是贪图被宠着的感觉，喜欢看他迁就你的样子，甚至觉得这样在这段感情中，你才是赢的那一方，然而爱情与输赢无关，与面子无关，如果你一直是被仰视的那一方，你内心还深爱着他，那么现在不妨发一条微信，让他知道。

爱是付出与回馈，唯愿你我都且行且珍惜……

我们还有诗与远方

“你跟李惜惜很配啊，她想找个像你这样的男朋友，你也想找个像她一样的女朋友，不正好凑成一对吗？”

“为什么你一直跟我说李惜惜？”

“她有什么不好吗？善良、乐观，又会做菜，一等一的好妻子啊。”

“她比我小很多的。”

我瞥了他一眼：“男人不都喜欢比自己小很多的女人吗？”

林佳一摊手：“李惜惜也没说喜欢我啊。”

我兴致勃勃地说：“你如果对她有意思，我去帮你说，红娘什么的，我最喜欢当了。”

林佳叹了一口气：“可是我喜欢的人是你啊！”

我的第一反应是："我不信。"

林佳认真地问："你要怎样才相信？"

"你用什么证明你喜欢我？"

"我会用余生！"

认识林佳的时候，我根本不知道那个就是他，他属于那种一转身没入人潮中便再也找不回来的人，正因为如此，我对他的印象才会一点点加深，直到挥之不去。

凌乱而略显愤怒的头发，一副遮住灵魂窗口的黑框眼镜，瘦长的脸、瘦长的身材，给人一种弱不禁风的感觉。其实他是运动健儿，市里的马拉松冠军。他来自一个偏远的小镇，特点是吃苦耐劳。

贫穷不是他的错，反倒他的积极向上让人咋舌。少年时是学校的运动代表，去市里参加骑行比赛、马拉松、一百米比赛，都得了冠军，在校名声很好。如今他又是某健身会所的金牌教练，可惜没有长一张英俊的脸，女孩子很少点名叫他训练。

在这里，他有自己的世界。他挥汗如雨的那一刻还是有几分性感的，比如湿了的头发贴在头上，脸上与身上的汗珠总是那么诱惑。熟悉他的人都知道他是多么认真，他从来不会拿自己的优点去跟别人的缺点做比较，道德与操守很好。

一开始，女孩子总嫌他瘦，比如我。直到他把我举过头的时候我才颤抖着声音说："大哥，你可别把我摔了，摔不死我，你就死定了。”

他说只有我被他举过头是这么冷静地跟他谈判，别的女人早就被吓得尖叫起来了。

他说他被我清晰的眼神震慑了，他也不知道为什么，听到我那么说的时候不是想着轻轻把我放下来，而是想将我拥入怀里。

他说爱情从来不是缺了就去找，而是刚好那个时候某个眼神、某句话戳中了他的心，他的心动了，他就知道那个人是她了。

他说我冲他微笑的时候他就知道自己完了，他知道爱情十分奢侈，不过自己已经陷进去了，还指望着我来救他。

他也问过自己喜欢我什么，后来他得出一个结论：他喜欢我的清纯、简单直接、有话直说。率直而敢说的人越来越少了，放眼身边的人，大家都戴着面具做人，明明不喜欢的偏偏说还好，明明没时间却说改天，明明喜欢的，又觉得不够爱。他知道我的每一段感情都是全情投入、用力去爱，可是最后受伤的总是我自己。因为这样，他觉得他有责任保护我，让我在憧憬爱情的时候，不再受伤害怕。

纵然这样，我依然问他：“你有多爱我？”

他说：“为了以后有人跟你抢我的家产，我们结婚吧。”

我咯咯地笑：“你有什么可以给别人抢的？”

他想了想，十分认真地说：“还是在婚前把我名下的房子先过户给你吧，这样就不算是婚后共同财产了，以后有个什么三长两短……”

我不等他说下去，一把捂住他的嘴，眼泪夺眶而出，哽咽着说：“我愿意！”

他笑着伸手擦去我的泪水：“愿意什么？”

我一字一顿地说：“我，梁欢欢，愿意嫁给林佳为妻子。无论以后贫穷还是富贵，我愿意不离不弃、相伴到老！”

我以为自己早已过了为爱情埋单的年纪，表面的天真不代表真的单纯，孤身一人在都市拼搏的我只有在信任的朋友面前才会露出最真实的一面。面对不同的人，我也会戴上不同的面具，久而久之，面具戴久了会累，在朋友面前是我最放松的时候。

曾经，我一如既往地相信爱情，可是背叛、欺骗总是不断上演，我对爱情依然相信，只是不敢再轻易触碰了。

一次失败，不以为然；两次失败，遇人不淑；三次失败，不如作罢。

现在我终于明白，爱情不是你用多大力气就可以拥有的东西，有时拼的不过是运气：刚好那个人出现了，你心动了，就在一起了。当然，那个人必须足够好，才配得上你明明白白的青春与你的真心。

那些失败的爱情，就像蒲公英一样，风一吹，就四散了，无迹可寻，无力回忆，无能为力。

耳朵用来听甜言蜜语，嘴巴除了吃好吃的便是说好听的话。在没有行动之前，所有的誓言都是铿锵有力的。所以，在可以相信爱情的时候，先相信承诺，万一实现了呢？

如果不能实现，那是说出承诺的人能力有限，但并不值得原谅。

林佳真的把房子过户给我再去登记结婚的，我知道，这个男人除了爱我多于爱他自己之外，真的没其他了。只有爱一个人如生命的时候，才会将身外物都交付给对方，不是吗？

我放心地将自己交给他，相信他能好好待我，如待他自己一般。

我在说这个故事的时候，坐在我对面的媚媚一脸不可思议地看着我。我知道她怀疑什么，这个爱情故事太科幻，有点不太真实。我明白，她刚跟前夫和平分手，儿子说是给前夫，可是前夫根本没时间带孩子，最后孩子还是落在她肩上。今天她跟我去看了一套小户型，业主急着移民，所以卖得很便宜，她二话不说便交了定金，并说："这房子就成了我的姑婆屋了。"语气里透着荒凉，让人感到绝望。

我笑着说："我也曾经以为自己应该为自己的下半生好好考虑一下，是不是应该去买一套小房子，无论外面有多大的风雨，我都能回到自己的房子里把门一关，把所有不愉快的人和事关在门外。可是你看，他并没有给我孤独终老的机会，人生并没有那么绝望，并不是在一个男人那里栽了跟头就判定此生孤苦无依了，往后的日子还长着呢，怎么能这么快就泄气？”

爱情固然是极其奢侈的一件事，没有了爱情，那人生的玫瑰园便没有了色彩，孤苦伶仃当然不是我们想要的结局，怀抱一个五光十色的绮梦去努力活着才不枉来到世间一趟。

明年这个时候，你会感激今天做的决定

丈夫：“我们离了吧？”

妻子：“好。”

丈夫：“你不问什么原因？”

妻子把目光从电脑屏幕上转过来，盯着面无表情的丈夫：“我见过她，长得真丑。”这是陈述句，事实如此。丈夫外面的女人她是见过的，长得不好看也是真的。

他没想过妻子知道了自己的事还能如此淡定，他原以为妻子已经接受了一夫二妻的状态，事实却是他老婆下一秒跟他说：“你搬出去吧，房子、孩子归我，我当什么事都没发生过。”

净身出户他是没想过的，他本以为至少能拿到一半家产，妻子却不这么认为。

他声嘶力竭地喊道："凭什么要我净身出户？"

妻子面不改色地道："就凭你不顾我的面子带着那个小贱人招摇过市，凭你瞒着我跟她厮混在一起，凭你拿我们家的钱去给她买包包、衣服、鞋子、化妆品，凭你不爱我却浪费我的时间，凭我跟了你十年，做了十年的保姆、用人，没领过一分工资，却不时拿我的工资贴补这个家。"说到最后，她的声音越来越大。

他自知理亏，最后拿着几件换洗的衣服滚出了那个曾经温馨的家。

他留了八条金鱼和一个孩子给她照顾，她努力替他养着。很不幸，从来没养过金鱼的她迅速养死了两条，最后只好发微信跟他说死了两条金鱼。他耐心地教她怎么去养那几条鱼，奇怪，以前从来不觉得他是那么有耐心的。

后来孩子发烧、不会做作业了都打电话给他，一开始他都很耐心地听完，然后处理，慢慢地，他不再热情，觉得烦琐。就连看孩子，从本来说好的一周来看一次到后来一个月来看一次。

事发有点突然，她发誓不是故意的。那天晚上孩子突然发高烧，这座城市只有他与孩子一脉相连，她首先想到了他，然后打给他，才开始说话，他却匆匆挂断了电话。那一刻她才意识到，自己已经不是他的妻子，再也没有权利三更半夜打电话给他。

第二天他打电话询问孩子怎样了，解释半天，说他不是不管，只是不想让那个她起疑生气，让她体谅体谅。

她笑了，只说了一句：“以后就算我跟孩子死了，也跟你没有一丁点关系了。”

做妻子的时候要体谅他在外面工作很辛苦，说什么都是表面风光、实则连狗都不如的工作，所以她要包容他的脾气。如今已经分开了，她也要体谅他的不得已。

世界很大，有些人一转身就不见了。

世界很小，有时不想碰的人却偏偏撞见了。

那天跟孩子到天地中心看电影、吃饭，从电影院出来，孩子说要上洗手间，她就站在门口等他。这些名店卖的都是牌子货，没什么事她一般不会进去，这时迎面走来一个很熟悉的人。他是她的旧同事兼师兄，记得刚进入社会那会儿他曾把她带在身边，她一度以为会跟他修成正果，可是后来经不起前夫的狂追猛打，师兄却一直没表示，然后，便没有然后了。

在这里遇见师兄，她忽然心生欢喜，低头快速审视了一下自己的衣着，发现大体过得去，她正准备跟他打声招呼，却半路蹿出一个女人，拖着她的前夫出现在面前。

就像一台戏一样，各路主角、配角都迫不及待地往台上站。

说真的，如果那个女人不是跟她前夫站在一起，她一定认不出那个女人就是狐狸精，那个女人实在是太普通了，普通到就像那路人甲一样。那个女人首先说话：“哟，还以为是谁呢，真是冤家路窄。”

她赔不是：“对不起，今天出门没看皇历，撞见你们，你们千万别介意。”大意就是说，见鬼了。

那女人脸色一变：“以为你至少是读过书的人，素质应该很好，没想到骂人还不吐脏字啊。”

她又说：“对不起，我丢的芝麻让你捡去了，你多担待。他睡前要喝蜂蜜水润肠，睡不好会磨牙，还打呼噜，脾气很倔，回到家鞋子、袜子满天飞，辛苦你了。”说白了就是扔了一个渣男，她开心着呢。

那女人发作了：“×的，就你文化高、学历高，我是没读过书的，怎样？你老公——哦，不对，你前夫还不是乖乖跟我在一起，离你而去吗？”

她正准备不轻不重地再说点什么，没想到师兄仗义出手：“小善，发生什么事了？”

她配合着他，微笑着说：“没事。”意思是，我应付得来。

师兄说：“我听见有狗在叫，你听见了吗？”

她哈哈大笑：“听见了，我还听出了是条母狗。”

师兄毫无绅士风度：“唉，脸皮厚就算了，还好意思出来献丑，真不知道丑字怎么写啊。”

她说：“既然是狗，不会写字是正常的。”两个人你一言、我一语，完全把前夫与那女人当成透明的，不知道聊得多开心。

前夫他们终于听不下去了，女人脸色超难看，男人拖着她，一副窝囊相地小声说：“走吧。”

女人挣扎了几下，也知道自己理亏，跟着那个男人走了。

看着他们离去她才松了一口气，跟师兄说：“谢谢你。”

“路见不平，出手相助。”

“大侠，我请你吃饭吧。”

“你的事我听说了，不要难过，就当是缘尽了，往后的日子还长着呢。”

“我知道。”她的脸上完全看不见哀伤的神色，离开一个渣男，真的没什么值得可惜的，努力开始新生活才是正事。

几天后是她的生日，师兄约她出来吃午餐。高级的西餐厅布局很罗曼蒂克，背景衬着浪漫的音乐，让人心情愉悦。昏暗的环境总是容易令人放松，仿佛在这里可以放肆地做一个完全陌生且优雅的自己。她忽然明白了师兄让她穿得漂亮点的意思。

他拿出一个红色的锦盒，打开，然后单膝跪在她面前。她以为自己在做梦，旁边的小提琴声如梦似幻。很多年前她曾经幻想过有朝一日她的白马王子会这样向她求婚，而他，是怎么知道的?

他虔诚地说：“嫁给我，让我照顾你吧。”

她问：“为什么是现在？”

“因为以前我没有把握，我事业无成，拿什么去供养爱情？”

如今，他已经是上市公司的集团主席，而她也恢复单身，一切都翻页了，新的生活即将开始，他有信心将她拥入怀中细心呵护，再也不允许她受一点点委屈。

她哭着说：“怪我以前轻率，我不应该随便答应他、不等你的。”

他擦去她的泪，拥她入怀：“如果不是曾经失去过你，我也不知道自己的心会这么痛，现在，让我们重新开始吧。”

“好。”她笑中带泪，伸出右手。他含笑将戒指套上她的手指：“这下逃不掉了。”

她说：“不会逃的。”

“我爱你！”

“我也爱你，比你爱我多一点！”

年轻的时候谁没做过几件蠢事？也幸好是年轻才不至于没有翻身的机会，只是往事如烟，那段逝去的日子也不全是泪水堆积而成的，能有勇气从头再来，能在该断的时候毫不犹豫，日后定会感激当年头也不回的决定。

扔掉该扔掉的，才能拥有更好的。但愿你的每一个决定都是正确的，但愿日后的你再也不会用泪水去诠释人生，既然决定了要走，就不要再回头，很多人不去想就不会心疼，很多事不去追究就不会难过了。

累了就好好休息，但千万别轻言放弃

嫂子来到酒吧的时候，威哥正跟一群哥们儿拼酒，就是真心话大冒险、石头剪刀布那种，谁输了谁喝。

看见嫂子的那一瞬间，威哥目光收敛了一下，然后不由自主地看向坐在吧台的那个长发露肩美女。嫂子此行应该是为那个美女而来，就像所有捉奸的女子一样，嫂子的智商一下子飙到120，整个人就像柯南上身一样，随着威哥的目光，她也看见了那个长发美女。

我以为怎么也会有一场恶战，至少摔摔瓶子、砸砸杯子什么的应该有吧，我太久没看过这种戏啦。

没想到嫂子进来只冷静地问威哥："回去吗？"

借着喝了两杯酒的勇气，威哥面不改色地说："回啊，等一下。”

嫂子朝那个女人看去，正好那个女人也朝她看来，空气中似乎响起短兵相接的声音。我心想，这回应该打起来了吧？如果打起来，我应该帮谁呢？威哥又会帮谁呢？

没想到两个人就这样对看了一眼，大家都互相认识，人家律师也说了，捉奸要捉双，还要在床上才算数，这种场合最多只是走走过场，成不了气候。

反正都没感情了，嫂子倒真是有点大气。那种力拔山河的气势还真不是谁都有的，她拿起放在桌子上的车钥匙：“给你五分钟，五分钟后不出来，我自个儿回去。”

她给了威哥面子，有了台阶下，威哥当然也就噔噔地下去了。不到五分钟，威哥已经出现在车旁边，打开副驾驶的车门溜了上去。

这一仗，嫂子不费一兵一卒，把那个露肩美女打了个落花流水，一个字：帅！

男人死性不改，女人又把控不住，这似乎是中国特有的现象，三妻四妾在男人心里早已根深蒂固，没能力的会在脑海里一天上演几百遍，直到接受现实为止；有能力的干脆来个左拥右抱——有本事你跟我离婚，离了我依然在花丛中一睡不起。

现实中确实很少有素质高、有钱又有脸，并且一心一意对一个女人从头好到尾的男人，那是在电视剧里才有的情节。情深只对一人，难怪所有的电视剧与小说都是一种套路。男人在脑海中意淫，女人在小说与电视剧中臆想，彼此都想着最理想的一面，可惜，最理想的一面他们都给不了彼此。

当现实与梦想背道而驰的时候，要么斗个你死我活，要么放手。先放手那个绝对比死不放手的那个活得潇洒漂亮一点，但愿所有的潇洒都不后悔。

作为旁观者，我始终无法理解：男人到底有多大苦衷、多不满意自己的老婆，才会投进另一个女人怀里？到底为什么要放着好好的日子不过，一定要搞得自己里外不是人、人神共愤才开心？不，其实他们不开心，他们以为逃开一个地方，另一个地方就是桃花源，说白了这种逃避就是没有足够的责任心。他们厌恶与妻子日久爱情变亲情的生活，总以为生活就该有那么一点激情掺和在里面，殊不知越幸福的生活越平淡似水。

我更无法理解的是，到底要怎样的女人才会守在这样一个从不提婚姻的男人身边蹉跎岁月？缺爱吗？他能给你多少爱？缺钱吗？他的钱可以养你到终老吗？既然都不是，干吗要浪费时间在一个朝三暮四的男人身上？还是天真地以为，在他身边久了会日久情深，最后他不会扔下你不管？如果他对自己的老婆都不好，你又凭什么觉得自己是与众不同的那个？

别厚颜无耻地跟我谈什么爱情，如果是真爱，就应该迅速解决所有问题，该离婚的离婚、该分配房子的分配房子，把孩子安排好，然后该结婚结婚，而不是在那里拖泥带水、不清不楚。

后来我遇到一个年过四十还单身的男人，不禁十分好奇："你是身体有缺陷？"

"你才有缺陷。"

"看不上俗女？"

"也看不上不俗的。"

"说说，到底是为什么？"我好奇极了。

他说："你遇到过让你奋不顾身的人吗？"

我偶尔短路："比如？"

"比如你结婚了，但遇到他之后才发现前面的男人都不算；比如他一个眼神，你就想天涯海角都跟着他了；比如睡前睡醒都会想到他，发现他并不爱你时，你依然会死心塌地地守着他。"

我假装惊讶："如果这就是爱情，那么这么多年我都白活了。你遇到过吗？"

他说："以前有，可是过后就没有了。感情随着年岁消失，感觉仍然在，不过都已物是人非了。"

我开始发表自以为伟大的言论："我以为你年纪那么大了，早就看破红尘了，开始回归平凡，与爱自己或自己爱的人柴米油盐过一生。因为看破，所以会将就所有的不完美。人嘛，不都是在不完美中完善自己吗？”

他说：“不，越到最后，越明白将就对谁都不好。尤其是感情，如果没有为对方付出的决心，还是别开始的好。感情最忌掺杂质，比如金钱，比如交换。”

“现实中不都是找个缺的补上吗？比如锅找锅盖。”

“不是缺了就得找啊，如果锅找到了一个茶壶盖，也可以将就着一辈子吗？”

他说得很有道理，现实就是如此，人们生活水平高了，越来越清楚地明白自己要的到底是什么。如果对方不是自己想要的人，宁愿不要，哪来什么耐心去包容？这也就解释了为什么很多年轻夫妻经历了很多之后，彼此了解了，开始日久生厌，遇到怦然心动的难免把持不住。这是考验你责任心与良心的时候，很多凡夫俗子都过不了这一关，结局不是离婚就是跟外面的女人一刀两断。别以为小三上位就能开始幸福生活，记住一句话：狗改不了吃屎。

所以聪明的你，结婚这事真不着急。

很多离婚的朋友都发出过同样的感慨：结什么都好，千万别结婚。

或许这不是真的。婚姻这件事就好像小马过河一样，每条河的深浅不一样，每个男人的忠诚也不一样，不结一次是不会心甘情愿吧。

佛说：色即是空，空即是色。过不了色这一关，就变成空了。

遇到合适的男人当然要结。什么叫合适？就是刚好你想嫁了，他又刚好想娶了，而你们又认识很久很久，彼此知根知底，对大家的喜恶一清二楚，那么这就算是水到渠成了。

看多了身边的朋友来了又去，结了又离，离了又结，但千万不要轻言放弃，如果累了，如果两个人之间的感情遇到瓶颈，不如放空一下自己，给自己与对方放一个长假，很多事没有绝对，很多人在还没有做更多错事之前还是可以原谅的。

在婚姻的世界里且行且珍惜，只要他的心在你这里，他的人也不会迷失在这五光十色的世界里。男人其实很好哄，想想当初你们在一起的时候，他是怎么被你收服的，如今也一样可以。对待男人没别的，就是永远保持新鲜感吧。换个新发型，换个新形象，或给自己的手机铃声换一首歌，怎么都好，要保鲜，同时要增值。读几本书提升一下个人气质尤为重要。

有些人爱着你，请不要假装不知道

他很不自信，因为他胖。其实，每个胖子都是潜力股，特别是回头看以前年轻时的照片，那时十七八岁，小鲜肉一枚，真帅啊，写情书给他的女人一抓一大把。

如今，胖得他都不敢照镜子了。可是他有一个很瘦、长得很可爱的女朋友。

他问她：“你喜欢我什么？”

女孩毫不犹豫地说：“喜欢你胖啊。”

他的信心一下子回来了，嗯，就算全世界都说他胖，他也无所谓啊。

其实他也不是特别胖，只是比正常人胖那么一丁点罢了。可是他在乎啊，因为他的她很瘦，真的很瘦，瘦到他总以为一阵风就可以把她吹不见。

有时坐地铁会遇见一个胖得很夸张的人，他总是指着那个人悄悄跟她说："如果我胖成他那样，我就去死。"

她总是哈哈大笑着说："好啊好啊，我陪你去死。想好没，是投河还是跳楼？"

他那时总觉得有一股气回荡在胸口，后来才知道那种感觉叫荡气回肠。

坐他的车的时候，她总是假装四处张望，偶尔低头："哎呀，这耳环是谁的？我记得我没这个款式啊。"然后假装俯身拾起点什么来。

他继续淡定地开车，直到她伸手在他面前晃了晃："喂，跟你说话呢，这……"

他温柔地拨开她的手："乖，别闹。"

一句话把她制得服服帖帖的，她根本就是在瞎闹，因为除了她，没人会坐在副驾驶这个位置上，他妈也不行。他说了，副驾驶就是老婆专用座。

"昨天那个黑丝大长腿，你瞄人家的胸干吗？她的胸比我的大吗？"

"昨天？哪里？"

“在××商场，我都看见了。”她一副委屈样。

他努力回想了一下，确实有这么一回事，可是天地良心，他只不过是比那个女人高了点，然后说话的时候眼睛不小心瞄了一下对方的胸，也就那么一下下。他解释：“老婆，我……”

“昨天我看中了一个包，还有，我的电话好像也听见了苹果6S的呼唤。”

他一咬牙：“买！”

她跳起来搂着比她高出半个头的他笑起来：“老公最好了。”

他宠溺地拨了拨她的刘海儿：“傻瓜！”

他公司的员工宿舍是她租的，但很多员工用不上，为了节省开支，不得不转租出去。转租出去的时候带客人看房，不能沿用旧合同，而且新租客租的话要比他们原先租的时候贵，很多客户都因此打消了转租的念头。

他想到了一个办法，不如就用他们原先的合同，这样转给下一家也比较好转，有人继续交房租的话，毕竟押金不亏啊。一路上她都在猛夸他聪明、厉害，他只是默默叹着气，她就是小迷糊，没他在身边，她怎么办？想到这里他顾不得在开车，忍不住搂过她就亲了一口。这种秀恩爱的方式反倒让她无所适从：“老公？”

他伸手揉了揉她的头发：“没事，我就是不想你难过。”

以后每次想让他亲自己了，她总是嘟着嘴：“我好难过，难过！”

唉，她就是个磨人的小妖精！

朋友饭局，某老板说：“倩倩，我这儿有只猫，是前女友留下来的，附送一千元的猫粮、宠物店护理券N张，你可以领养或代为照顾吗？”

她说：“我啊，我其实很喜欢养宠物……”话还没说完，他在桌子底下用脚碰了碰她的脚，她立马改口，“可是我不行。我啊，对有毛动物过敏。”

他在旁边听着，实在忍不住扑哧一声笑了出来，她还在无比认真地说：“鼻炎，有时路上碰到一条狗，我都会打喷嚏的。”

他淡定地附和：“对，有时我头发长了点没剪她都狂打喷嚏，剪完又好了。”

事实是她连自己都没打理好，再多一只猫估计她会疯掉。在她疯掉之前，他冷静地斩断了她的善心。对不起了，亲爱的猫咪，不是不想收养你，实在是她真的连自己都没照顾好啊！

她生日，他给她买了许多生日礼物，还带她去吃了好多好吃的。

她忐忑不安地问：“这么多礼物，你是不是把明年、后年的生日都送了？”

他一愣，敢情自己疼她还被嫌弃了？他否认道："没有啊，明年还有，后年也有，你就好好地收着吧，别让我后悔了，全部收回去。"

她立马笑了："吓得我以为你再也不要我了。"

也不知道她的担心是哪里来的，他总是因觉得自己没有太多时间陪她而内疚，所以今天这个特别的日子对她就特别好了一点，没想到竟会惹得她想多了。他宠溺地拥着她，温柔地说："傻瓜，以后不许乱想。"

有些人会胡思乱想，是因为从没被真心对待过。在没遇到他之前，她是不安稳的，如今，她相信他可以给她幸福和快乐，只要在一起，就什么都不怕了。

很多人没有安全感，小时候跟着父母颠沛流离，长大后工作换了一份又一份，交了很多男朋友，男朋友没有秒回信息，分手，没有接电话，分手。这么多年以来总对人怀疑，没有知心好友，而其实朋友也好，男朋友也好，愿意花时间陪你、为你解决问题的都是对你好的，如果遇到这样的人千万别太任性，因为一旦把他们弄丢了就真的很难找回来了，也很难再遇到下一个了。

大概这就叫教养吧

一个穿着黑衣服、脖子上挂着金子、胸口与手臂都有张牙舞爪文身的大汉站在我面前，低头点了一根烟，一抬头看见我鼓起来的肚子，硬是憋着没把嘴里那口烟吐出来，而是一个大步流星走到门外才长嘘一口气。看见烟雾升起，看着他硬朗得有点像流氓一样的背影，我想，这大概就是教养吧。

是的，教养这东西不能光看外表，我并没有忘记一个月前在公司楼下，手里拿着电脑，还得牵着大女儿，在我前面的大叔用身体挡住了即将关上的门。为什么用身体？因为他肩上还扛着一桶水。

人不可貌相，但可以从一些行为看出这个人的素质，比如：

进电梯的时候让你先走，后面走的会按住电梯开键不让电梯门关上；

递剪刀会把剪刀柄递给你，对服务员说谢谢的时候微笑，关门的时候轻点再轻点；

合照的时候记得要笑，P图的时候不要只P自己；

吃饭的时候不要说话，放筷子与碗的时候要轻，别人跟你说话的时候要看着对方的眼睛，并微笑；

不扫别人的兴，别人请吃饭即使不好吃也不要直说；

有借有还，再借不难，尊重别人的生活方式，不能理解也不要多嘴去问；

下雨天开车遇行人慢速行驶，不要把脏水溅到别人身上，你的车很贵，别人的衣服也不便宜；

不要把包放在空位上，因为别人要坐，如果是湿的雨伞就更应该放好，不应该放在椅子上或别人的桌子上，以免影响到别人；

看电影请把电话调静音，有电话也不应该接或回信息，因为黑暗中电话的亮光会影响别人观看，公共场合切忌大声喧哗；

别在背后说人不是，有话当面说，因为很多误会就是当事人造谣而来的。

多想一下别人，换位思考，多想想如果你是他，你会怎样，那么便没那么多不文明行为出现了。教养多数源自家庭，但更多的来自自己的觉悟，很多事父母还来不及教，但你身边的人会用言行举止告诉你，你要做的大概就是不那么坚持己见，应该取长补短。

教养还来自觉悟，我见过一个男同事在玩支付宝的种树游戏，每种好一棵树，阿里巴巴就会在沙漠里种一棵真树，我问他："你一个大男人也玩这个？"

他说："我女朋友在玩，偶尔给她浇浇水，让她偷偷我的能量值，挺不错的。"

还有一个男人对老婆的觉悟如下：

出差时到机场了跟老婆发个微信，说：我快登机了。

他的夫人回他：吾皇万岁万万岁。

到了目的地他又给她发个信息：已到目的地，请放心。

因为他知道老婆会担心，干脆不用她问自动自觉报上行踪，这样一来更显得他有教养，当然，教养也是情商高的一种。

让别人舒服了，自己也不会难受，这便是我对教养最直观的理解。

谁说的年少轻狂

第一次见到他是在调班的时候，那时老师跟我说过一句话：“在普通班你可以当老大，在尖子班你只能拉低全班分数。我可以把你留在尖子班，但压力会很大。二选一，你选一下。”

我毫不犹豫地选择了留在普通班，谁要在尖子班被那帮尖子瞧不起啊？

或许是性格决定命运，无论做什么事，我都选择怎么舒服怎么来，比如一份工作做得不爽只有两个选择：要么忍，要么滚。我永远是滚的那一个。

话说回来，那是我第一次觉得班与班之间差别居然可以那么大，尖子班可以说是一尘不染、安静而美好，而普通班永远都是吵吵闹闹，黑板永远擦不干净，老师没来之前同学们东窜西走。说实话，一时之间我还真没适应过来。就在我茫然地看着眼前凌乱不堪的一切时，身边跟我一起重返普通班的美仪却莫名其妙地哭了起来，我问："你怎么了？不舒服吗？"

她抽抽咽咽地说："好不甘心就这样回来了，好丢脸啊！"

我发挥自己大大咧咧的本性："傻了吧？我们回来是老大，在尖子班是他们的跟班，还拖垮全班的成绩。现在不是很好吗？你看，黑板上还有我们俩的名字，以后，我们的成绩比他们好的时候，他们指不定要用多么羡慕的眼光看我们呢！快别哭了，在大庭广众之下哭才丢脸呢。"

一抬头，看见班里最出色的那名篮球名将看着我，我尴尬地笑了笑，他已经露出洁白的牙齿笑了："梁欢欢？欢迎加入我们啊。"

我没好气地说："同窗六年，现在说这些话会不会显得太假了？"

这下他尴尬了："也是，怎么都好，欢迎你们回来，下课请你们喝饮料。"

我推了推美仪："你看，这待遇去哪儿找啊？"美仪破涕为笑。

之后遇到爱情，我问："在你心中，我排第几？"

他说："我妈第一，你第二。"

然后，我又遇到了那个将我排第一的男人，于是我毫不犹豫地放弃了那个将我排在第二的男人。就好像尖子班我排最后，在普通班我却排第一一样，我永远选择第一。不爱我的我也不爱，同样，你不把我放在眼里，我又何必视你为最亲？

小学的时候都会有值日组长什么的，我十分悲哀地当了级组长，于是每逢大扫除都要跟班长去巡校，哪个班没搞好卫生都会被我记在本子上。那年夏天，我穿着裙子走在前面，班长走在后面。到了四年级的时候，我听见班长喊我名字，我转身，夕阳照在我身上，我知道自己很美，于是居高临下地问他：“有事？”

他红着脸，不说话了，我也没理会，继续往前走，然后我听见他说：“梁欢欢，我喜欢你。”

我淡定地继续往前走：“嗯，我知道啊。”

然后便没有然后了，因为小学生谈恋爱是被禁止的，如果被父母知道，轻则双腿残废，重则退学，我可不想以身犯险。

只是后来我再也没有遇到过那么直接简单的爱情，可以只说出来，或书写在便笺里，没有牵手、没有接吻、没有床戏，只有单纯的爱慕，远远地看见对方，心扑通扑通地跳，脸红耳热，想着明天就可以见他一面而安然入睡，那时候的爱情，单纯得令人发指。

那时候我的数学成绩不好（直到现在我的数学都很不好），老师大发慈悲，把我安排跟一个数学成绩特好的男生坐在一起。其实我也有优势，我语文好啊。

我们每天都早早约定回到学校，趁还没做早操之前互相拿作业出来给对方抄，考试的时候互相参考。每次考语文我就得意了，很快写好给他参考，考数学时他也迅速写完给我抄，然后，我们的分数总是相差那么几分。

结果期末考试到了，要命的是老师居然分开了我们，让每个人独自一张桌子。我一看，整个人都傻了。语文还好，他已经掌握了基本知识，可是我的数学谁来救我？

我拼命地给他使眼色，让他把答案抄在便条里给我，他居然假装没看到。

毫无意外，那次考试后我被老师叫到办公室："平时的测验你都好好的，怎么到期末考试就失去水准了？"

"紧张。"

"你看，这道题明明测验都考过的，这次怎么就不会了？"

我沉默。

"你老实交代，是不是何小峰告诉你答案的？"

"老师，能说点别的吗？"

"嗯？"

"比如，今天的阳光真好。"

于是，我被数学老师他老人家当着全班同学的面点了名，喊我上去抄写，还被列为全班重点培育对象，每天留堂十分钟，把脸都丢尽了。

尽管如此，我的数学成绩也没有因为这样而提高。第二学期，学校派了校长来教我们班数学，我总是被校长大人的气势震慑，终于，我的数学成绩上去了，完全是因为校长大人拥有丰富的教学经验以及一张酷似刘德华的脸。我想，任何一个行业，颜值都是十分关键的一环吧，要不然怎么会有那么多人去割双眼皮?

直到后来我遇到他，一个长得并不帅的男人，他以声音取胜，用他的长补了我的短。比如我数学成绩不好，他就是人肉计算机；我身体不好，但他是运动健将啊，可以带着我一起做运动；我知识不够广，他就是我的"度娘"……总之，他让我迷恋的地方正是我缺乏的。他不帅，不过我已经过了迷恋帅哥的年纪，所以，颜值在这里再也没有一点用处。事实就是他就像一个宝藏一样，总能让我挖掘出不一样的惊喜来。

人生不就这样嘛，找个愿意跟你在一起、带领着你成长的人过日子，生活才不会沉闷。所谓的激情，不过是新鲜加保鲜。

每个人都有闪光点，如果纠结于对方的缺点，你眼里永远看不见美好的事物，爱情如是，学业亦如是，没有例外。

你爱自己的样子真的很美

失恋是最好的减肥良药。

果然，西西失恋后，从以前的珠圆玉润一下子清减下来，衣服也从大码到中码，再到小码。很多时候她特怀念以前那个活蹦乱跳的自己，只有她自己知道，家里地板上全是她掉的头发。

以前她一直嚷嚷着要减肥，却没有成功减下来，这下好了，一次过，把什么都清了，身边却缺了点什么——是的，缺了那个他。

幸福的人容易胖，遇到他之后她更是处于幸福快乐中，一度胖得无法无天。她问他："你喜欢我什么？"

记得他是这么回答的："肉肉的，挺可爱。"

他不嫌弃她，她很喜欢这个标准答案，于是她就真的觉得自己肉肉的很可爱。

张天炎，高三理科生，身高一米八，全校风云人物，不是因为他有多帅，而是他出了名地酷。大冬天的，大家都裹得像个粽子，他却穿着短袖校服站在那里做体操，从来不穿长袖——是从来不穿！他就是因此而闻名的。

西西以无比崇拜的目光追随着他，总觉得与众不同才是她想要的，于是她努力挤到他身边，假装去跟他借书，在还书的时候把写好的情书夹在书里。只不过很可惜，还书的时候遇到他妹妹，他妹妹把情书拿走了，并揭发了她暗恋他一事，于是学校、家里都闹得沸沸扬扬的。

张天炎在众人的目光中一直保持着沉默。

就这样过了一个学期，西西不死心，再写情书，以校友的名义寄给张天炎。可惜，那封信被班主任收了，说是学校不允许学生谈恋爱。更悲催的是，那封信被校长广播了出来，虽然没有点名，但大家心里都明白到底是怎么一回事。西西咬牙切齿地说："真不知道班主任是不是为了学校的年终奖才这么干的。"

在那个保守的年代，西西简直就是神一样的存在，当大家都认为她没戏的时候，那个最突出的雄性张天炎居然跟西西说："我们在一起吧。"

剧情总是那么始料不及，他喜欢那只肉肉的、一见到他就咧开嘴角笑的胖胖熊。他说那个一见到他就笑的人，不是傻就是真的喜欢他。

她也喜欢与众不同、大冬天只穿短袖并且从来没有感冒记录的精瘦男子。

他似乎总是用强壮的身体守护着胖胖的她：过马路时主动牵起她的手，轧马路时总是走在她的左首边，喝汽水时先把盖子打开再递给她……他对她的好，天知、地知、他知、她知。

直到有一天，张天炎开始躲着她，电话不接，见到她掉头就走。西西本来还想去他家找他，可是这么做毕竟太冒犯了。于是她只好去他经常打篮球的那个篮球场守着，一见到他出现就忍不住尖叫，那声音是喜悦的、吸引人的。明明是引起张天炎注意的一种方式，可是对张天炎一点用都没有，他连看都不往西西这边看。

西西不明白：为什么说过在一起的两个人，可以没有任何理由、一转眼就变成陌生人？

这个问题一直缠绕着她，直到有一天她想通了，有些人来到你的生命中只为给你上一课，张天炎的出现是告诉西西，不要嫌弃自己，胖的或者瘦的都是最好的自己，胖有胖的可爱，瘦有瘦的清秀。后来的西西接受了自己，也接受了他的离开。

有些爱情开头很灿烂，最后却是无疾而终。我们终会经历一些人突然出现在生命中，又突然消失在生活中。这没什么，有人离开，自然就会有人来，这么一想，西西就不再那么难过了。

管好自己的体重，再去管人生

玲玲坐在我面前时，我一时失语："现在流行套个游泳圈上街吗？"上帝可以做证，我真的以为是时尚。

她尴尬地笑了笑："那是我的腰。"

一时间，我竟无言以对。

我犯了多嘴的错，她也犯了多嘴的错。我是话太多，且不经大脑。她呢？嘴太贪，管不住自己的嘴，我们的错都是不应该犯的。

我认识玲玲的时候，她还是个少女，那种一笑就露齿、一说黄色笑话就脸红的少女。当然，她有着少女般红扑扑的脸蛋，也有少女的身材。其实那时她也贪吃，只是没像现在这么狂吃滥喝、不懂节制，毕竟，那时的她也是瘦过的。

她长叹一声："很想知道陈妍希是怎么坚持下来的，从'小笼包’到‘小龙女’，过程会很痛苦吧？”

我点点头：“嗯，其实也不会，管住自己的嘴巴也不是特别难的事，想吃东西的时候就吃块口香糖啊，我猜就像男人戒烟一样吧。”

几个月后再见她，我差点没被吓掉眼镜。看着穿着连衣裙的她，我居然还是没忍住，说了句：“原来你有腰的啊？”

她白了我一眼：“就许你一个人有？”

哎哟，看起来心情还挺不错的样子。我问：“怎么做到的？”我压根不相信瑜伽什么的可以减肥，瑜伽只能让你变成一个柔软的肥妹子（微信公众号是这么说的）。我也知道运动没用，跑步粗小腿，关键是她那么懒，打死我都不相信她会运动减肥啊。

她一定有什么不可告人的秘密。

果然，她说：“我两个月前认识了一个男生，他高高瘦瘦，就是在人群中可以一眼看出来的那种人。他追我，可是我自卑啊。我想，不是说每一个胖子都是潜力股吗？我就试试意念减肥法，每天减少吃东西的次数，直到瘦下来为止。”

我为她点的黑森林上来了，她只扫了一眼便将它推到我面前：“我不能吃这种东西，还是你来替我消灭它吧。”

我把嘴张成O形，简直不能相信眼前这个玲玲就是我所认识的玲玲。见她对黑森林都没有欲望了，突然，我也开始排斥黑森林了，于是招呼服务员：“麻烦帮我将这蛋糕打包。”

我一抬头，经理路过，他也刚好看见了玲玲，一时不敢上前相认。我又八卦了一回：“怎么了，见到老同学不敢上前相认？”我这个人就是这点不好，哪壶不开提哪壶。经理一时尴尬，却也算是见过世面的人，走过来说：“玲玲？越来越漂亮了。”

玲玲淡定优雅，将端着的咖啡杯缓缓放回碟子：“谢谢，身体健康，快乐知足！”

我正郁闷玲玲怎么这么见外，猛然反应迟钝地想起当年玲玲喜欢的人正是他，他却嫌弃她婴儿肥，嫌她穿衣土。

如今的玲玲已不是昨日的玲玲，令人眼前一亮的她终于看见以前曾经狂追过的男生眼底那一抹后悔的神色，她更有底气了。

他倒好，结结巴巴地说了一句：“瘦了。”

“正好。”玲玲笑着回答。

“想吃什么，我来埋单。”

“不必麻烦，我们有VIP卡。”

“那……祝你们下午茶愉快！”

“谢谢！”

以上是他们的对话。

最后我去埋单的时候，他借机接近我悄声问：“玲玲现在有男朋友吗？”

我笑了笑：“刚刚有了。对不起，你来晚一步。”

失望的神色毫不掩饰地挂在了他的脸上。

回去的路上，玲玲问："他最后跟你说什么了？"

我正想和盘托出，忽然发现八卦也该有个底线，如果玲玲对他还有感觉，是不是就顺理成章地在一起了呢？目测他并不是玲玲的终结者，因为他并没有让玲玲变得更好，所以我一厢情愿地认为玲玲现在的男朋友才是她的真命天子。

所以最后我什么都没说，只是交代道："好好幸福下去，做人记得要往前看，今天他只是你最普通的一个朋友，明天，你所拥有的足以配得起你努力减肥的结果，这就够了。"

"你今天说话好玄妙、好深奥、好难懂的样子。"

我哈哈一笑："你今天也表现得很出色、很淡定啊。"

她扭头看窗外："我的心根本没起波澜，所以淡定是一定的。"

我拍拍她的肩："加油吧，我的朋友！"

这是我这辈子说得最真诚的一句话。

后来的后来，玲玲一直在换男朋友，每次出场必有惊喜，如花蝴蝶流连花丛一般。因为不知道哪个才是她想要的，她越是控制自己的嘴，身材便越好，便有更多男人像飞蛾扑火般往她身上扑过去。

任她挑的时候挺好的，毕竟，她可以挑那些出手大方又没老婆的男人，如此一来，她的身价逐渐高了，谁还记得那个胖胖的玲玲？

她那个时候胖成那样，没人要她，如今她减肥成功，并且甩掉那一身老土过时的衣服，追她的人自然就排起队来了。什么女为悦己者容，其实都是被逼出来的。

单身的女子可以招摇过市，结婚后再这样袒胸露背地上街试试！你老公肯定会说穿成这样给谁看，邻居也会说你不守妇道。

嘴长在别人身上，你不去理会，自然便跟你没一毛钱关系；你越是在意，便活得越没有自我。想穿什么、想喷什么香水，都遵从自己的内心吧！除了想吃什么需要忍耐一下，其他的，何不任性到底?

把自己体重管好的人，才能更好地去管理自己的人生。

世间所有的坚持都缘于热爱

有人说，好的爱情就是他像多了个女儿，而坏的爱情则是你多了个儿子。

丁玲结婚的时候觉得挺好的，老公对她言听计从，她从不会为生活的琐碎事操心。婚后过了一段平静的日子。不知为什么，最近她发现自己生气比较多，比如老公觉得她穿衣服不好看，于是她去买衣服，买了之后他又觉得款式不对、老土。她说：“去之前问你要不要陪我逛街买几件衣服，你宁愿在家看电视都不愿陪我去，我买回来你又觉得不对，你到底想怎样？”

战争爆发往往是因为观点与角度不同，老公说：“我问你，你买衣服是穿给谁看的？”

丁玲老实回答：“穿给你看的啊。”

他点点头："我看着不舒服，那是不是衣服的问题？"

"所以我要你跟我一起去啊。"丁玲突然觉得火大，自己二十多岁的人，难道连衣服都不会穿？难道以前自己是裸奔过来的吗？

"跟我去不去根本没关系，你以前穿的衣服也挺好看的啊，小清新的风格很适合你，干吗现在穿得跟花姑娘一样呢？"

"最近流行花姑娘啊，你看巴黎时装周的模特不都是这样穿吗？不是衣服怎样，是怎样的人穿这种衣服才好看。我觉得我颜值高，撑得起这身衣服。"

他摇摇头："真的不适合你。"

她觉得他无理取闹，自己又不是穿得很暴露，干吗就是觉得这儿也不对、那儿也不对呢？再说，什么年纪穿什么衣服，自己都快奔三十了，再穿小清新装嫩，合适吗？

第二次吵架是因为丁玲的书桌有点凌乱，倒也不是十分乱的那种，至少上面没见到内衣内裤的踪影，只是有几包开了封还没来得及吃完的零食，仅此而已。他却说："桌子乱成这样也不收拾，给你三天时间，如果三天后还这样，我就把你的东西全部扔掉。"

丁玲立马跳了起来："我的桌子我爱怎么放就怎么放，碍你哪儿了？"

"看着不爽。"

"你是看我不爽吧？是不是也要把我整理一下或者把我也扔到

垃圾桶里去？”这明显是气得不行的气话，他当然听得出来，可是当时的局势已经势成水火，两个人谁都没有给对方好脸色看。丁玲觉得他管得太多了，有那时间干点什么不好，非得要在这儿显示出谁是主谁是次，有意思吗？

他是没看见过那种真正的杂乱，订书机与钉子乱扔、避孕药扔在桌子上、剪刀没收好乱放、吃了一半的早餐和餐盒一起放到中午、用过的纸巾乱扔，还有梳子、梳掉的头发都在桌子上。要是被他看见了，他是不是要疯掉？

有一天他下班回到家，丁玲正在厨房里忙碌着。只因他说了一句“我回家吃饭”，她便从早上开始准备。他要吃新鲜的，她就每道菜都用新鲜的食材：刚杀的鱼、刚杀的老母鸡，没有一样不是鲜活的，就是为了让他吃一口家里的饭菜。

他回家一打开门，就闻到了从厨房飘出来的香味，是混合着猪骨头与玉米、胡萝卜煲出来的骨头汤，他最爱这个味道了，任何香水都比不了。

他边吸着鼻子边走进厨房，丁玲正站在灶前炒菜。他双手环在丁玲腰间，把头搁在她头上，轻轻地说：“老婆，以后我们再也不吵架了，好吗？”

丁玲心里莫名一酸：“哎呀，怎么突然像个孩子一样呢？快去洗手，要吃饭了。”

其实她知道，以后吵架的机会越来越少了。因为今天她去看了医生，医生说她最近常常腹痛是因为患了恶性肿瘤，俗称癌症，已经到了癌症末期，没法医治了。

站在医院门口，她忽然很想念他管着自己的时候，其实他管着她也是为了她好，如果对她不闻不问，那也不叫夫妻吧？

回到家，她把桌子都擦了一遍，把该扔的都扔了，该用的放在上面，不用的收了起来，然后把床单、被罩都换下来清洗，这还不够，她恨不得连天花板都擦一遍。

以前做这些事情她是很抗拒的，现在却感觉怎么都做不够。因为，她的时间不多了。

以前的她总是跟他理论：“为什么你回来就当大爷，什么家务活都要我做？你要上班，我也要上班，我除了上班那八个小时，还得回家煮饭侍候你，一点都不公平。”

可是现在她不再觉得不公平，反而觉得对老公怀有歉意，因为老公一发工资就把工资全交到她手上，而她的还是她的，老公的也是她的。

在她低头的时候，眼泪滴进锅里，老公问：“好好的，怎么哭起来了？”

她用手背擦了擦眼睛，努力忍住没哭出声来。她说：“老公，你对我太好了。”

他的手抚过她消瘦的脸颊：“傻瓜，你是我老婆，我对你好，是天经地义的啊。”

她本来想对他笑笑以示幸福，可是笑容还没完全展现在脸上，她突然觉得眼前一黑，就毫无预兆地晕倒在自己丈夫的怀里。她醒来的时候发现自己在医院，睁开眼看见的是医院的一片惨白色，医院那种刺鼻的药水味扑面而来。她突然悲从中来，再也忍不住，大哭起来。

我去医院看她的时候她已经剪光了头发，虽然戴着帽子一脸病容，但我看得出，她的精神很不错。她不停地吃这种水果、喝那种果汁，我总觉得她的乐观有点反常，让人担忧。

待她老公走开后，她才黯然神伤地默然转头看向窗外。窗外阳光灿烂，她说：“怕是再也看不到这么好的阳光了。”

我心中突然莫名一惊：“胡说！养好病，你出院之后天天都是艳阳天。”

她知道我在安慰她，给了我一个放心的微笑，然后长长地叹了一口气：“以前常常跟他吵架，现在想吵都吵不起来了。人生在世，真的很难预测明天与意外哪个先来。”

我劝她说：“别想那么多，好好养病最重要。你看，我今天给你带来的百合花好看吗？”我特意买了半开的百合花带去医院，试图用百合的清香冲淡一点医院的药水味。

她点头：“真好看。”停了停，她又说，“你说没人跟他吵架，他会不会不习惯？”

我不知道怎么回答才好，她想听到哪种答案呢？我鼻端一酸，连忙转身："我去给你倒点热水。"我试图溜出病房，不想让她看见我夺眶而出的眼泪。

当我推开病房门的时候，却猛然发现她老公就站在门口。他看见我出来了，连忙伸手擦了擦眼睛。他双眼通红，很明显是刚刚哭过。

我苦笑着问："你都听见了？"

他哽咽着说不出话来，只是象征性地点了点头。

"别想那么多，吉人自有天相。"我也不知道是在安慰他还是在安慰我自己，反正这种没有一点技术含量的话就这么从我的口中说了出来。

在人生旅途上，生死并不是偶然的，而是必然。每个人都知道自己总有一天会死去，可是在那一天没到之前，又总是觉得自己时间尚多，因此错过了太多应该珍惜的机会。到最后才会后悔当初没跟自己爱的人好好相处，把每一天都当作最后一天来过，每天醒来，首先学会感恩，感谢自己还活着，然后还要认真做事、认真做人。

我以为写了那么多年的书、做了那么多年的人，对生死早已看透，可是当丁玲那句"你说没人跟他吵架，他会不会不习惯"说出来的时候，我就像是被人打了一拳一样，只感到胸口闷痛。是啊，生活与爱情都是习惯，你习惯了一个人躺在身边发出鼻鼾声才能睡着，你习惯了身边有一个人唠唠叨叨，你习惯了回家不掏钥匙，你习惯了在她做饭的时候搬个椅子坐在厨房门口跟她闲话家常……当这些习惯都成了自然的时候，一旦失去，定然会痛不欲生。

丁玲最终在一个星期后的一个阴雨天离开了我们。她走的时候我还在睡梦中，等我赶到医院的时候她的遗体已经被移走，只留下空空的床、空空的房间。

她老公没哭，在去送她最后一程的路上，他跟我说："我托朋友从国外买回来的包包已经到了，可惜她连看一眼的机会都没有了。"

我伸手握住这个失去爱妻的男人的手，他的那只手被雨水一浇更加冰凉。我说："节哀！"

"她一直觉得我不够爱她，其实在我心里，她一直排在第一位。我把工资卡交到她手里，用偷偷存下来的钱买生日礼物给她，我托朋友从国外买回来她喜欢的化妆品、包包、鞋子，就是想看见她收到礼物时那种欢喜的神情。如今她走了，我该怎么办？"他说完，像个孩子一样哭了起来。

我记得曾经看过一本小说，男主人公因为爱妻去世，常常拿妻子的衣服出来穿，别人都以为他疯了，只有他自己知道，他是在用另一种方式怀念已故的妻子。

我并不担心丁玲的老公也会用这种方式去怀念她，只是两个人中有一个人先走了，留下的那个活在这个世界上，感觉是很凄凉的。他会走出来的，但需要时间。

因为遗憾，所以怀念被拉长了，活着的人总在想为什么在她生前不对她好一点、更好一点，然后就这样抱着内疚过日子。

一个月后，我发了条信息给他：振作起来，只有傻瓜才会活在自己的世界里忧伤不已。你活得不好只有亲者痛、仇者快。想想年老的双亲，想想年幼的孩子，你有什么理由沉浸在悲伤的世界里，让别人为你的生活埋单？

难过的时候抬头看看天空，夺眶而出的泪水会因为抬头而流得缓慢。

后来我才发现，所有悲伤、快乐都会随着时间的流逝而变淡，最后消失不见。我们可能仍然会因为听到某首歌而想起某个人，但已经没有那么痛苦了。是的，人活着，便是要扔开一些人和事，独自向前。一旦看开了，自然就不会再难过了。

我们来到这个世上，只是为了遇到某些人，让他们陪自己走一趟。能陪你走到终点的，最终只有你自己。照顾好自己，才能更好地去爱别人。如果一颗心千疮百孔，还怎么好好地保护住在心里的人？

完美的一对

心薇是广东人，长得却十分粗犷，大概一米七的个子，皮肤雪白雪白的，乍一看，还带着点混血儿的影子。她是幼师出身，有爱心，在幼儿园里小朋友都很“敬畏”她，只要她一说话，孩子们就会乖乖听话，其他老师对她只能望尘莫及。

那时她在幼儿园上班，我在酒吧做收银员，她下了班偶尔会过来喝两杯。说不上是她陪我还是我陪她，反正我们成了好朋友。

这座城市里什么都多，卖房的多、卖车的多、卖酒的也多。我们这种清吧算不上什么酒吧，充其量跟咖啡厅合二为一，让夜归的人有一个地方可以去。

我与几个服务员在酒吧上班，老板一般很少过来，基本上是把酒吧交给我打理。每次她来的时候都是一个人，她习惯点啤酒喝，一般会点半打，一个人喝不完，自然要找人帮忙喝。我算是跟她聊得来的一个朋友，她总爱找我。

酒吧里没有真朋友，只有过场即弃的所谓朋友，喝酒的时候称兄道弟、勾肩搭背，过后都只剩下不屑，然后再走进下一家酒吧。就像十分高兴地加了你微信好友，没几天就屏蔽你消息或直接拉黑你一样，这个荒凉的世界容不下真情。

可是心薇例外，她不是那样的人，她就好像可以把一种酒喝到天长地久一样，从来不转场，更不会喝着喝着就丑态毕露。

她不喜欢说话，她说在幼儿园说的话已经够多了，很享受不说话的片刻。幸好我也不是话多的人，同样喜欢喝上几杯，我们算是兴趣相近的人。

周末她总是叫我到她那里吃饭，幸福的日子大概就是一睡醒就有人跟你说“饭做好了，来吃吧”。

她在厨房忙碌的时候我就站在厨房门口跟她聊天，她动作飞快，所有步骤都一气呵成。看她做菜就好像看表演一样，饭菜还没做好就已经觉得很满足。她把搅好的鸡蛋放上葱花，把油倒进锅里，等油烧开后把鸡蛋与葱花放进去煎，然后翻过一面再煎。没几分钟，一盘煎鸡蛋就冒着热气端上了餐桌。那时我总是说：“如果我是男人就好了，必定娶你。”

她总是笑：“去！没点正经，谁要你啊！”

我一点都不脸红，咧着嘴朝她笑，她也咧着嘴冲我乐。真奇怪，我认识她才没多久，就好像上辈子已经认识了一样，一点都不觉得陌生与尴尬，甚至比那些相识了几十年的朋友还要好。

她说："你啊，生来就是小姐命，做不了粗活。"

我点头，厚颜无耻地附和道："是啊是啊，我就吃不了那个苦。"

她问："那会吃吗？"

我忙点头："会吃，特会吃。"

心薇把自己搞得很忙，每天的时间都是不够用的。她白天在幼儿园上班，晚上到别的酒吧做兼职收银员，没多久又自己开了一个午托班，专门接待那些中午不能回家的小学生。她早上很早就要起床，洗漱完就一个人上班，经常没吃早餐就要站在幼儿园门口迎接小朋友。

我忘了说一件事，我这份收银员的工作还是她帮忙找的。她就像一个全能女子一样，什么都会，我要是有困难，她一个电话就能搞定，比百度好使多了。

有一次她说："幼儿园要开会，帮我去学校接一下午托的小朋友，回头请你吃好吃的。"

我屁颠屁颠地去了，接到孩子后到她那个午托班看了看，除了小学的小朋友，还有一些不够年龄进幼儿园又没父母照顾的孩子在那里。阿姨在忙午餐，孩子们要自己玩。有一对双胞胎看见我来了，就说要嘘嘘。我带他们去嘘嘘，嘘了半天也没尿。心薇来了才发现我被双胞胎耍了，现在的小孩都是鬼灵精。正当我哭笑不得的时候，他们又过来了，一路蹭着我要抱抱

心薇说："他们看见漂亮的女子都要抱的，你就抱抱他们吧。"

算是夸我吗？反正我很高兴。于是我就抱起他们其中一个，结果毫无意外地被他尿了一身，几天后我好像仍然能闻到那股童子尿的味道。

其实我挺佩服心薇的，一个女孩子像女超人一样忙里忙外，哪里需要哪里去。有一天下起了倾盆大雨，我刚好休息，便去她那里蹭饭吃。结果到了以后看见她一个人在默默拖地，地上有尿迹、有饭粒、有脚印。她先喷消毒水，然后把地板拖干净，一共用了40分钟。认真做一件事的人是美丽的，我看见了一个有点陌生的心薇，她是那么从容认真地在做着一件十分琐碎的事。看她忙得满头大汗，我却什么忙都帮不上，好一会儿我才说："这种事不是应该有阿姨做吗？"

她站直身子伸了个懒腰："阿姨白天带孩子挺累的，我能做就多做一点吧。"

有一段时间我去她那儿帮忙，那时我刚刚二十出头，热爱赖床，直到现在我赖床的习惯都一直没改过来。那时我每天侍候好小朋友睡觉后自己也去睡，我一度怀疑睡觉的时候时间是不是偷偷跑

快了许多，因为我好像刚刚闭上眼就到了该起床的时间。每次心薇都会敲我的门：“喂，起床了，小朋友要吃午点了。”

我起来的时候她们已经把小朋友的小床与被子都叠好了，就等着我出去摆好桌子小椅子就可以吃午点。吃完午点又要带小朋友出去溜达，溜达的时候什么状况都会发生，必须好几个老师一起牵着小朋友，要不然他们就会跑到马路中间去。两三岁的小孩子啥都不懂，跑起来却比大人还快，好几次我都没在意，心薇总会在一旁提醒我：“抓住小朋友的手，别让他们跑了。”

我好不容易习惯了，结果那对双胞胎的其中一个跟我说：“要大大。”我知道完了，这前不着村后不着店的，去哪儿找个厕所给他大便？而且小朋友的大大说来就来。正当我手足无措的时候，心薇就像天使一样出现了，她冷静地吩咐我：“把那个垃圾桶的盖子拿开，你去找纸巾。”

一件在我看来十分复杂的事就这样被她三两下摆平了，在那个孩子被放下来那一瞬间，我由衷地说了一句：“还好有你。”

她说：“也不是。你是没经验，等看多了、做多了就好了。”

吃饭的时候她象征性地端了个碗站在那里，我见她碗里只有汤，连肉都没一块，就喊她一块儿吃，她总是说：“你吃，你吃，吃多点，看你瘦的。”

每天早上她总在外面买早餐回来。我知道，在这里，除了小朋友，我们是没有早餐吃的，要吃就要自己掏钱在外面买。心薇这么做，其实一直是她在请我们吃早餐，而我们一次都没有请她吃过。

那时她挺担心我的，总有意无意地介绍男朋友给我，然后跟我说谁谁谁最有钱，谁谁谁脾气最好，谁谁谁十分单纯，说几句话就会脸红。

她却总是单身一人。

终于有一个男人追她，赶在她生日的时候送钻戒，可她没接受。她说：“戒指这东西能乱收吗？收了就成了他的女人了。一颗石头就把自己给卖了，多不划算。”

我知道她对那个男人没感觉，所以才会视金钱如粪土。

那时她谈了一个男朋友，家境一般，用她的话来说就是有志气，还年轻，人不错，有担当，像个男人。

现在像个男人的男人真是越来越少了，我们约他出来喝酒，酒桌上见人品。

他一本正经地穿着白衬衣，喝酒的时候像喝水，心薇老是出来替他挡酒。趁着上洗手间的时候，我问：“挡酒这种事不是应该男人干的吗？”

她翻了个白眼：“又没人灌我，你们敢灌我喝酒吗？”

我摆摆手：“哪敢啊薇姐！”

事后我问她：“男朋友送过什么给你？”

“手机，我用的手机都是他送的。”

当时我吓得不轻，因为她的手机款式总是跑在我们前面，我们在用苹果4的时候她在用苹果5，我们用5S的时候，她用6P——我的妈呀，原来男朋友是可以这么用的。

我们都知道，心薇除了喝酒就是喜欢玩手机，一个人拿着手机可以玩一下午，看视频、听音乐、刷朋友圈，可忙可忙了。做她男朋友当然得知道她的喜好才能投其所好、一击即中。

他们的恋爱像长跑一样，总是跑不到终点。我问："为什么不结婚？"

"我对婚姻没有安全感，特别是这几年来身边离婚的姐妹太多了，我不确定自己能不能承受后果。或者我享受的一直是恋爱的感觉，一时半会儿不能角色切换。成了别人老婆会很烦吧？想到生活在一起已经够烦了，每天早上要起来做早餐、收拾盘子、做饭洗衣……太可怕了，还是饶了我吧！"

我说："现在你不是正做着这些事吗？"

她说："现在不做没人会说不好，但做了妻子之后不做，好像会有人说你不够贤惠吧？"

好像是这样的，一个人的时候做不做都没人会说，但一旦成为谁谁谁的谁的时候，如果没有尽到做妻子的责任，就会落人口舌，卷入纷争之中。

她男朋友总会接她下班，在她休息的时候也会做好吃的给她。她说："一个会做饭的男朋友十分重要，他除了照顾你的感受，还会照顾你的胃。如果说一百分是满分，他至少值80分。"

我问：“那其余的20分去哪儿了？”

她说：“我始终觉得男人应该赚钱养家，而不必在那小女人的心思上花工夫。煮饭、煎牛排可以啊，但这些事是不是要等你退休之后，或等赚到100万之后才干呢？”

我笑：“说来说去，你是在嫌弃他穷？”

“如果嫌弃他，就不会跟他在一起了。”

我问：“那你们是什么时候决定在一起的？”

这个很重要，真的。很多情侣都不知道怎么开始的，就已经在一起了。如果没有一个感动点，你会想起到底为什么会跟这个人在一起吗？她说：“第一次见面，我被他忧郁的眼神吸引。然后我生病了，你懂的，一个人生病的时候是最脆弱的。他来照顾我，想尽一切办法逗我笑。他不擅长讲笑话，经常冷场，那时我就被感动了。当一个人喜欢另外一个人的时候，他总是试图做一些自己不太擅长的事去迎合那个人。换作是你，有个人做的一切都并不是举手之劳，而是在努力靠近你，甚至做一些平时他根本不会做的事去取悦你，这时候，你会感动吗？”

我依然是那句话：“可感动不是爱啊。”

“他没钱，可是他把所有的钱都交给了我。这份爱太沉重，我记得你们曾说过一句话：女人是没爱情的，谁对她好，她就跟谁跑了。是这样吗？”

我承认：“是这样的。”

很神奇，女人是男人的肋骨，男人在这个世界上就是为了寻找他的肋骨，找到属于他的那根肋骨之后，才能拼凑成“幸福”两个字。

我忽然很羡慕她这种平淡得没有一点波澜的爱情，或许细水长流是对的，至少没有激情过后的落寞。他们想起对方的时候，是一种淡淡的甜蜜，因为淡，所以长久。我祝福他们！

给不了的未来，请用全部的爱去支付

有段日子我住在浦东新区，距离浦东机场只有几站地，经常能听见飞机在头顶飞过的声音，那种轰隆隆的声音一开始听很是烦躁，听多了觉得是种安全感。习惯真是一件很神奇的事情，听习惯了一种声音，那种声音可以从噪声变成安定，哪天听不见了，便开始失落、不安、寻找。

我坐在小区的休闲长椅上，小区的风景很美，有老人带孩子出来晒太阳，其乐融融，更衬托得我形单影只，孤独寂寞。

今天是周二，我没去上班。出门前肚子莫名其妙一阵疼痛，之后我便打电话向公司请假，请完假在小区的长椅上休息了一会儿，奇怪，肚子居然莫名其妙地又好了。人事部的妹子还在电话里问：“你不会是‘大姨妈’来了吧？”

“我刚来过没多久，一个月两次‘大姨妈’，还要不要人活了？”

妹子笑得可欢了，我却没心情笑。在这座城市，褪去五光十色的光环，背后是十分现实的存在。没背景的人就好像出门没带伞却偏遇见狂风暴雨一样，必须要奔跑起来才能走到下一个避雨的地方。我忽然原谅了上海人抠门的习惯，如果不省着点花，钱很快就用光了。而人老了，又没有钱，会是一件十分凄惨的事。

我靠在椅背上给他打了个电话：“你说，我们要在一起吗？”

他是我喜欢的人，我也是他喜欢的人，有一天命运给我们开了个玩笑：毕业那天他执意要去上海，我却执意要留在原来的小城市里。我害怕外面的世界，他却说要趁年轻出去闯闯，如果失败了就回来。他一直没回来，与几个志同道合的人开了家公司，还没把公司做到上市，几个合伙人就开始闹矛盾。我知道后只会在小城市里焦急，一点忙都帮不上他。要命的是我发现他说的话是对的，他说：趁年轻，就该出去走走，带着梦想，去闯一番事业。失败不可怕，可怕的是还没尝试就认输了。

我看着他的公司从几个人做到几百号人，又从几百号人一劈为二，分成两派，一派由他带走，一派留守大本营。

我问：“为什么走的是你？”

他说：“有能力的人根本不用担心能不能从头来过，因为他一直都没把成功当一回事。”

事实证明，他又说对了。

两年后他带领的团队又创了一个新高，被某集团直接收购，加上以前的那个公司，算是三个公司合为一体。以前公司的人见他完胜归来都挺尴尬的，该走的都走了，觉得待着没面子。

他呢？他活得比以前更潇洒自在，已经是集团旗下的副总，一个高高在上的职位，众望所归。事实证明他是有实力的人，到哪儿都可以东山再起。

从小城出发去上海的那天晚上，我问："如果我去上海投奔你，算不算抱大腿？"

他哈哈一笑："你？不算。"

"那怎样才算？"

"那些有所期待并有私心的人才算。"

我立刻道："我有，我期待嫁给你。"真的，那时我是这么想的，如果不是他，那么是谁都已经无所谓了。

没想到他会说："可是，我未必是你的未来啊。"

这句话让我犹豫了，就好像我说"我想见你"，他却说"来日方长"一样。

是的，我明明对他是肯定的，他却对我犹豫了。他说："如果五年前你跟我一起来上海就好了。"我从他的话语中听出了"遗憾"两个字。

于是我问："其实，你如果有了女朋友，我也是能理解的。"

他说：“我只是担心没时间陪你。”

听见他这么说，我重燃希望：“没关系的，你忙你的，我会找份工作，不会打扰你。”我知道创业的辛苦，也知道他的时间宝贵，所以才会这么懂事。

只是，我没想到我都来上海一个月了，除了刚到上海那天他到机场接我，把我安顿好见过他一面，之后我便再也没见过他。

来之前我想靠自己的努力找工作，所以没敢麻烦他，但工作这种事又不太好找，我想跟他住得近一点，可以有个照应，偏偏录取我的那家公司离他有一个小时的车程。

我只能说，命运啊，它就像个调皮的孩子一样，最喜欢开玩笑了。

对于这事，他无所谓地说：“又不是消失在地球上，只要在这地球上，我们就会见面。”看看，说得多潇洒。

一个月后某个失眠的晚上，深夜十一点，我在微信上问他：“在干吗？”

他回信息的速度很快，就两个字：“开会。”

我的失眠似乎是非常可笑的存在，我有什么理由失眠呢？人家这么晚了还在工作，我有什么资格矫情呢？这么一想，我整个人放松下来，很快便睡着了。第二天太阳从窗外照进来，我才发现新的一天又毫无预兆地来了。我跟他说：“早！美好的一天又开始了。”

他回了个笑脸给我："早就开始了。让我猜猜，你还没起床，穿着睡衣跟我打的招呼。对吗？"

我故作惊讶状："哎呀，被你猜中了。"

试问，如果一个人与自己毫无关系，有谁会在睡前与睡醒后第一时间想起那个人？

他忽然说："中午吃饭的时候给我打个电话吧。"

我猪一般条件反射："如果你在开会呢？"

他沉吟了一会儿："那我打给你吧。"

我还以为中午的时候他会跟我说："搬过来跟我一起住吧，我养你！"

一个上午像一个世纪那么漫长，好不容易到了中午，他的电话来了。他在电话中说："也许，我不是你的未来。"

我愕然："你得了绝症？"

他叹息一声："就不能往好的方向去想吗？"

我十分肯定地道："你没得绝症。"

他一副拿我没办法的口气："今天晚上一起吃晚餐吧，就在正大，我六点下班。"

我吐着舌头问："公司会放人吗？"

"我在工作时间内完成工作就可以不用加班了啊。"

我轻笑："你永远是对的。"

下班的时候，我特意借同事的彩妆化了个淡妆，见面前他打电话来："我去接你的话估计十点都吃不到晚餐。要不你坐地铁过来，我送你回去？"

"行。"上海的交通出了名地堵，我又不是不知道。地铁上很挤，可是这并不影响我愉悦的心情，我一路哼着小曲到达人民广场。我想，在上海约一个人，人民广场真是一个不错的地标，它的代名词是浪漫、时尚、迷人，光是在东方明珠塔下手牵手一起走，就够回忆一辈子了。

穿过人行道，跨过人行天桥，我来到正大广场五楼。那里有一家粤菜馆，看来今天这顿晚饭他是动了脑筋的。

他坐在一个超大的圆桌前，我几乎一进门口就一眼看见了他，然后一路小跑着过去。我刚坐下，他就问："想喝点什么？"

我说："你做主好了。"

他点头："一杯可乐，不要加冰。"然后指了指身边的背包，"我刚从浦西赶过来。"

我笑："能赶过来就好。"天哪，我像少女一样，只要看见他就笑。网上说：一个人看见你就笑，那个人不是傻的，就是爱你。

我是爱他的，但我有我的矜持。我想，等我把身上的自卑都抖落了，我才有资格跟他并肩站在一起，然后自豪地跟全世界的人说：这是我男朋友！

可是谁会在乎啊？那些陌生人会在乎吗？我们的亲朋好友会祝福吗？不，只要我们俩过得幸福快乐就已经很好，他们祝福与否，我开始不在乎了。就这么宣布好像是希望得到祝福与认同，可是所有人的认同与祝福都比不过他一个结实的拥抱、一个坚定的眼神、一句“我的女人”。

我茫然地看着那个大圆桌，傻傻地问：“还有其他人吗？”我以为他会一边开会一边用餐，结果是我想多了，他说：“就我们俩。”

我只能说，两个人霸占一张大桌子，会不会让人觉得浪费？女人就是想得多。看见满桌子的菜，我才发现我真的是想太多了，小桌子根本摆不下这些菜好吧？

见我只夹面前的菜，他把好吃的都夹到我碗里：“来，试试这个，这个鱼做得挺不错的。”他完全没有俗气的对白，按我的理解，应该是这样的：“来，试试这个。你得多吃点，看你瘦的。”然后我才好把想好的对白甩出去：“你是想把一个月的伙食都堆在今天晚上吃完吗？”结果，这里根本没有我发挥的余地，我好沮丧。

我在他面前就像一个不爱说话的姑娘一样，光吃菜，偶尔才抬头，脸通红通红的，是没喝酒那种很自然、发自内心的白里透红。

回来的路上他开得很快，我开了车窗，让夜风将空气带进车里来，看着窗外的景色，一时失神。

他问：“在想什么呢？”

我调皮地回头：“在想你。”

他轻笑："我不是在吗？"

于是我假装托着腮，然后对着他说："所以要盯着你，然后想你嘛！"

他又笑了，笑的样子真好看，后来我再也没有见过比他笑得更好看的男子。

我愣愣地说："大叔，其实你不笑的时候挺吓人的，你看现在笑了，多好看。"天哪，这是我心里想的话，就这样脱口而出了。

他一愣，眉毛一挑："大叔？"

我连忙解释："你知道吗，你越来越大叔了——咯咯！我的意思是，你越来越成熟，我却像个傻瓜一样。"

他伸手揉揉我的头："傻瓜。"

他的手掌真温暖，我瞬间变得好小好小，小得只想躲进他怀里，外面的风雨再大，跟我又有什么关系？只要跟他在一起，我不怕。

我常常幻想一个情景：某天我跟谁吵起来了，那人找到他投诉："你看你媳妇都什么样了？管管你媳妇！"他大手一挥，把我拥入怀里，然后骄傲地说："我宠的！"

我每次做梦都会梦到这里，然后被自己的笑声笑醒，醒了后一个人躺在双人床上。他不是加班就是出差，留我一个在这孤独冰冷的夜里一直坐到天亮，第二天要靠咖啡提神才能去上班。

跟好友提起这事，她问："你是怪他？"

我摇头："自己选择的路，跪着也要走完。"

她不肯放过我："但我明明能听见你不满他的意思，为什么不跟他讲？"

我苦笑："我怕讲了他会觉得我烦，我宁愿不讲，自己烦。"

"可是你总不能一直处于这种状态啊。有时看见你沉默不语，真的很怀念那个开怀大笑的你啊！"她希望我幸福快乐，我何尝不是？

我强颜欢笑："现在不也挺好的吗？很多人孤独终老，我至少还有他，也有你啊！"

她摆摆手："得了，别笑了，笑得比哭还难看。人家孤独终老是人家的事，我管不着。总之，你有什么事一定要跟我讲。"

我说："会有什么事？不是一直好好的吗？"

"那是你能忍。"

我说："爱，是恒久忍耐。"

她一脸服了我的样子。

有时我也会想：算了吧，图什么啊？时间一天天地过，女人的容貌一天天老去，这样拖下去也不是办法。特别是生病的时候，我在干吗，他不知道；他在干吗，我也不知道。想想，两个人在一起到底是干吗呢？这真是一个问题。

偶尔加班回来，我以为自己是很晚回家了，结果他比我更晚，家里一片漆黑，厨房没油烟……

一觉醒来，已经是深夜两点。我睁开眼，黑黢黢一片，我像被全世界遗弃了一样。床头的电话闪着荧光，我拿起一看，是他发来的信息：先睡吧，今天估计会通宵开会。

我叹息一声，摁亮床头灯，起来给自己倒了杯水。这时玄关处有钥匙开锁的声音，我一时分不清是小偷还是他回来了，忙屏息静气，随时准备着将手里的杯子飞过去。结果看见他疲惫的脸出现在门口，算是给了我一个惊喜。我顿时睡意全无，迎了上去：“肚子饿吗？我去给你煮个面？”台词很熟悉，是周星驰那部《大内密探零零发》里刘嘉玲说的对白。

他朝我一笑：“太晚了，早点睡吧，明天还要早起呢。”

我始终有点担心他，于是跟他说：“最近有个年纪轻轻的编辑死了，死因是肝癌，是因为她经常加班熬夜导致的。我不想你有什么事，答应我，好好吃饭、好好睡觉，不要把一百年做的事情缩在二十年去做好吗？”

他拥着我，下巴抵着我的头顶，我听见他的声音从头顶传来：“好。忙完这阵子我带你出去转转，巴厘岛怎样？”

我故作高兴地道：“行！哪儿都行！有你的地方，就是天堂。”其实我知道，他忙完这阵子还有下阵子，之前他也曾许过太多这种承诺，但并没一一实现。所以，听到他这么说的时候我并没有抱太大的希望，是因为不想听到他说“对不起”的时候，自己会过于失望。

他伸手刮了刮我的鼻子："调皮。"本来"言出必行"是他的座右铭，但计划赶不上变化，我们出行的事总是被一拖再拖。

直到我生日的前一天，他终于跟我说："你明天请一周假吧，我想带你出去玩。"

听见这句话，真的比什么生日礼物都让我开心，我连忙说："真的？"

他笑："那还有假？是你说的，要懂得享受现在，不要等，没有来日方长。身边太多意外，让人措手不及。之前没有好好陪你，抱歉。"

我也笑："不许说抱歉，你能陪我，我已经很开心了。"

他沉默了一会儿，说："你说得对，以前从来不知道天是阴的还是晴朗的，更不知道花是什么香味，甚至连休息的时间都没有，更别说去玩了。现在我要开始好好规划，就当是为了自己的健康也好，作息要定时，行乐要及时。"

他当时没告诉我，他的好友路先生不久前死于广州，是突发心脏病，没抢救回来。

人就是这么一回事，今天还好好的，明天说没就没了。如果连命都没有了，赚再多的钱又有什么用？

路先生生前是某陶瓷集团的总经理，如今一切都变成了一场空。他留下庞大的家族生意给他儿子，然而他儿子并没有感激他，反而认为祖业由父传子理所当然，一上任将他留下来的老员工一个不剩地炒掉，赔了一笔不菲的安家费，接着按自己的意愿去操作生意。结果好好的上市公司负债累累，逼不得已申请破产，前后才不到三年的时间。

我们谁都不知道哪个会先一步永远离开，所以在一起的时候才更应好好珍惜。在巴厘岛的时候他不接任何电话，最多以电子邮件方式回复同事或好友的问题，真的是一心一意跟我在一起吃喝玩乐，那是我人生中最快乐的时光。快乐的时光总是过得飞快，很快，我们就要跟巴厘岛说再见了。

那天晚上，我们都喝了点酒，借着点酒意，我说："不如我们结婚吧！你家跟我家都知道我们俩在一起，就差个仪式了。我不要什么仪式，就去领个证就好。"

他一如既往地沉默着。我只是喝了点酒，还不至于撒酒疯，只是觉得丢脸死了，我一个女孩子都开口了，他还在犹豫什么？

正当我想假装喝多了倒下的时候，清楚地听见他说："我存了一百万到你账上。"

我猛地清醒了，这话比任何解酒药都有效。我问："为什么？这算什么意思，是分手费吗？"我还打算继续说下去，他却不给我这个机会："你一个女孩子，身边有点钱总归是好的。万一我有个什么三长两短，你至少还有钱傍身。"

噢，不是分手费就好。不过……等等，他的意思是说他随时会驾鹤西去吗？

“你有病？得了绝症？你会离我而去？”我的声音是颤抖的，我刚刚想到他会跟我分手都没抖，现在抖了。是啊，只要他在地球，我就有见他的机会；如果他真的永远走了，我去哪儿找他？

他伸手揉了揉我的头，我拂开他的手：“不要骗我。”

“不骗你。我没得绝症，我不是好好地站在你面前吗？你这小脑袋，一天到晚在想什么呢？”

我不信：“那你给我钱干什么？”

“你是一个独立的个体，不是谁的附属品，我希望你能活得好好的，有了这些钱，你就可以做你喜欢的事了。去吧，去做自己想做的事，去完成你还没完成的梦想。你不是想成为一个作家吗？你回去之后就可以辞职了。”

我跳起来，给了他一个大大的拥抱：“谢谢你！”这句话我说得比任何时候都真心。

有了这笔钱，我就可以不用去上那讨厌的班了；有了这些钱，我得好好计划一下我的未来了。只是，我的未来仍然有梦想、仍然有他。

他说：“有些人在你生命中永远存在就可以了，给不了的未来，我会用我全部的爱去支付。”

他没有食言，他从不跟女人闹花边新闻，也从不让我操心。反倒是我，经常因为写稿三更半夜不睡觉，是他不厌其烦地一次又一次催促我睡觉；我生病了，是他煲我喜欢吃的白粥，是他开车接送我去看医生，是他排队挂号，是他叫我乖乖地坐在那儿等他拿药；我没灵感，是他带我去感受异域风情，重拾信心；我累了，他的肩膀永远都在；我渴了，他早已准备好白开水；每晚枕着他的手臂入睡是我最踏实的一刻，这个男人不属于别人，他只属于我。

有这么实在的现在，谁还会去奢求不确定的未来啊！

他为我付出那么多，我还不满足，那我就真的是没良心了。

风起时，我听见他说：多穿件衣服出门。

雪来了，我听见他说：别贪恋洁白，小心冻伤。

雨来了，我听见他说：换上那个粉色的包出门吧，那个包包里可以塞一把雨伞。

他心里有我，我很开心；我心里有他，我很踏实。

你的容貌决定了你的幸福

生活是一面镜子，过得好与坏，都能从镜子中看到最真实的自己。骗不了别人的，永远是自己的内心。表面的衣着光鲜改变不了容貌，唯有你的心能控制你的面容。有人活到四十岁仍然像少女一样，也有人未老先衰，刚过二十岁就老气横秋，整天心事重重，容貌像四十多岁。

当年邓文迪离婚，她憔悴苍老的面容出现在各大头条，作家胡紫薇写下《你的容貌，就是你灵魂的样子》；两年后的邓文迪手挽年轻、有才气的小师哥出现在镜头前，笑容灿烂，春风满面。一个人的内心真的可以从容貌上反映出来，我想这回胡老师应该写下《你的容貌，就是你生活的样子》。

我的朋友容小姐年近五十，她妆容淡雅，举手投足间，优雅气息扑面而来，浑身散发出知性女人的魅力。与她坐在一起的小姑娘则浓妆艳抹，完全掩盖了原来的肤色不说，那张红唇实在让人不敢恭维，行为举止更是浮夸，翘起的兰花指不知道是在闹哪样。

有些人七十岁了仍然化着淡妆出门，选择合适的唇膏、穿着适合自己的衣服、学着永不过时的搭配，有些人则太过随便。

其实彼时的容小姐正经历丈夫出轨，独自承担工作的压力。没有人知道她白天工作、晚上加班到深夜的痛苦，只知道她人前春风满面、出入有专车接送，衣着光鲜地出入各种场合，根本不知道像女超人一样的她背后是遍地狼藉。

前不久她有个老搭档因为癌症离开了这个世界，在生与死面前，所有的人与事都变得好渺小。她无法原谅出轨的丈夫，但也深知一个道理：如果自己在这件事上纠结，那自己的时间就被浪费了。她没有时间浪费在一个不爱自己的男人身上，所以只能奋力向前。

没伞的孩子在雨中只能努力奔跑，即便跑不过雨，但至少自己尽力了。

她安慰自己的方式便是工作，只要她的工作越来越出色，家庭照顾得越来越好，任何人都奈何不了她。一个人居高临下的时候，看到的事物自然就不一样，区区一个渣男，真的不是问题。

是的，男人根本不是我们生活的重心，我们还有很多事需要操心，比如工作，比如孩子，比如父母。

一个人过了二十岁就得对自己的容貌负责。一个人的容貌跟长得好不好看没有关系，亲和力与个人魅力决定着你的前途与幸福。还记得那个著名的故事吗——美国总统林肯在面试后拒绝了幕僚推荐的一位才华横溢的应聘者，幕僚问他原因，他说："我不喜欢他的长相！"幕僚不解地问道："难道一个人长得不好看也是他的过错吗？"林肯坚定地回答道："他得为自己四十岁以后的长相负责。"林肯对他宽容了，因为他将年龄延长到了四十岁。

是的，如果容小姐将不开心的情绪都带到工作上，她的合作伙伴就会从同情到厌倦，然后离开她，她的事业将不会像如今这样做得那么大。一个人就像一支军队一样，前提得有正能量来带动士气。而士气是什么？就是你的宽容与豁达。

命由自己造，相由心生，境随心转，有容乃大。

以貌取人是有道理的，一个人的性格、行为举止决定了他的精神气质，所以看人看表面，往往一眼定生死。

晓夏最近成了朋友圈的红人，原因无他，只因她老牛吃嫩草，"老牛"就是晓夏这个老姑娘。

我第一眼看到晓夏的时候就被她可爱的笑容吸引，她的笑容像有魔力一样，像一股清泉直沁人内心，令人情不自禁地心情舒畅。

谁都不知道她已经年过三十，很多人都以为她只有二十三四岁。她面色红润、活泼开朗、体态丰盈，绝对是一个青春无敌的美少女嘛！知道她年龄的人都会大吃一惊，异口同声道："真看不出来你有三十岁啊！”

她老公与她站在一起，看起来却像比她大了好几岁，一问才知，她老公竟然比她小六岁。

此前大家都知道晓夏是一个没有心机的姑娘，都乐意与她接近跟她做朋友。说也奇怪，她结婚后三个月我才知道她原来早就在七年前结过一次婚，并且生了个孩子，如今的她绝对是二婚。关键是男生是纯情小鲜肉也就算了，还是某上市公司副总的儿子，这么一来，她还是嫁了个富二代呢。

结婚后没多久，她就夫唱妇随地到了老公的公司去上班，担任部门经理一职，没有管理经验的她居然把部门好几十号人都管理得妥妥的。听她公司的人说，这姑娘不仅心思细腻，更难得的是心地善良，没有高高在上的气势，乐于与同事做朋友。她处事稳重大方，将所有问题看在眼里，并一一解决，上到公司董事长、下到公司停车场保安，不管谁找她，她都是和颜悦色地耐心倾听，寻找问题根源，亲力亲为去解决，根本没有上下级之分。她将所有工作都安排落实到位，着实是一位不可多得的贤内助。

有人说她老牛吃嫩草，赚了，知道内情的人却都认为是她老公赚了。难道不是吗？她老公不费吹灰之力就找到了一个既是妻子又是搭档的女人，还有什么比这更幸运的？

以貌取人真的很有道理，我们在平日的生活中会见到形形色色的人，通过外貌不难看出他的内心世界——宽厚、单纯的人多半是一脸幸福相，粗暴的人容貌多半是穷凶极恶，心地狠毒的人往往长得尖酸刻薄……

你的内心决定你的容貌，别以为你想什么别人不知道，很多时候别人只是不想当面拆穿你而已。

生活是一种姿态，别让生活把你逼成泼妇。

你们写书的，靠什么活着？

这个世界是否公平，主要在你怎么看，你认为是公平的，那么它便是公平的；你觉得不公平，它可能就真的不公平了。

什么叫公平？付出跟收入持平、没有抱怨、知足常乐，那么这个世界就是公平的。

什么是不公平？总觉得这个世界欠了他，怨天尤人、好吃懒做；看别人衣着光鲜、开宝马、泡美妞，就抱怨自己一天工作12个小时才拿那么一丁点钱；不懂什么叫能者多得，把时间花在哪儿是看得见的，在什么位置拿什么薪水也是固定的，有什么好抱怨的？与其花时间抱怨，不如沉下心去多读几个专科，拿着毕业证去冲锋陷阵。

有底气的人从来不会说这个世界不公平。他们的努力你看不见，于你而言或许是个梦，触手难及、遥远的梦，可是谁都有权去做这样的梦。

很多年前我跟一群有共同嗜好、共同目标的人在起点写书，我们当中有些人有正式工作，只有我跟另外一个女孩子把写作当成了职业。那时我们都以为自己还年轻，以为有梦想就能飞翔，没有人告诉我们生活是怎样的。两年后我们都觉得写作只能当副业，必须找一份工作让我们活下去，才能有力气去完成那所谓的梦想。

出了第一本书之后才敢称自己为作者，不敢妄自菲薄地自称作家，没名气的作者也根本算不上作家，我是这么认为的。

很多人知道我在写书之后并没有表现出太多惊讶，他们一般会问：写的什么书？在哪儿有卖？适合什么人群看？

看，有时他们比我们还专业。因为他们是看书的，有人喜欢看财经，有人喜欢看车，有人喜欢看《读者》，有人喜欢看历史，这就是读者群。

最后他们会问到一个比较隐私的问题："你们写书的，稿费都很高吧？"

他们问得小心翼翼，充满好奇，这个时候我忽然想起一句：文明礼貌包括不问别人工资、不打探别人隐私。

每个人心中都有一条线，过了那条线，只会陷自己于尴尬之中，懂的人都知道不能轻易过那条线。

他们问这个问题还有一个目的：没有固定收入来源的你们，是怎么活下来的？

一般这个时候我们都会选择沉默，并不是不想正面回答，而是这个问题回答起来太复杂，估计说上好几个小时都说不完；不回答吧，会不会显得不太礼貌？

每个人的生活方式不一样，不能一概而论，就好像在一个合唱团里，每个孩子的生活背景都不一样，有人把唱歌当成一辈子的事业去干，而有些人只能打打酱油，充当一下门面，因为不能把梦想当成生活的人实在是太多了。

为什么要去揭别人隐私呢？说话留有余地，以便日后见面不会尴尬。朋友之间除了互相帮助之外，还要彼此尊重。

一千个人有一千种回答，有的人是因为坐在办公室里无聊而写书；有些是家庭主妇，为了不想白白浪费时间而写书；有些是在校学生，把写书当成兴趣爱好；有些人却是以写书为生，每年都规定要写几本，一年下来靠稿费过活；还有些已是大神级人物，早就把文字当成黄金一样去卖，每句话一写出来转发量上万，发一篇公众号打赏的人堪比别人一个月的工资。

我认识一个写书的姑娘，她的经历不算特殊，可绝对称得上励志。

苏小静出生在一个小山村，她出生的时候很安静，所以得到这么一个名字。她的父母都是农民，文化程度都不高，在短暂的童年里，她被父亲留下来的民革时期小人书吸引，往往一看就是一下午，比任何小孩都安静，人如其名。

那些小人书很多都是整套的，但完整的一套很少，一套有十二册的书往往会少了中间几本，父亲说那时候有人到家里借书，书拿走了也没还回来，缺少的那几本应该是他们不爱惜书随便扔到哪里扔没了。后来父亲再也没把书借给别人，那些书才得以保存下来。

因为时间关系，书的纸质很多都已发黄、变旧，翻起来满满的灰尘的味道，但字迹清晰，配图活灵活现，虽然旧一点，但并不影响阅读。

很难想象那时的技术能造出那种画功一流的书来，那时的小静并没有过多去想这个问题，这个问题出现的时候正是她的第一本书上市。她拿到自己的第一本书时才发现纸质普通，封面图案不够清晰，让她瞬间想起童年时那一批精致的书籍。

小时候她首先培养起来的是对书籍的兴趣，如饥似渴地翻阅成了她童年唯一的乐趣。书看得多了，阅读速度就上升，早上看、中午看、傍晚看，甚至床头都永远有一本折了页的书本放在那里，供她临睡前看。

对她看书写字这件事，她的父母是支持的，但也不能用全部时间来看书不干活。那时候她家里很穷，父母要干农活，经常早出晚归，家里煮饭、洗衣这些家务事便都落在了她的头上。很多时候她都做得很好，经常是洗好衣服、煮好饭再拿起书本去看。

农村的生活难免与鸡鸭牛为伍，她家也不例外。有一次她因为看书看晚了，忘了把鸡赶回笼子里。父母回来的时候天已经黑了，见鸡还没回笼就到处去找。据说鸡这种动物一到天黑就找不到路了，好几只鸡不见了。不见了几只鸡等于不见了不少钱，那时一只鸡都要几十元，而那时的工资一个月才两百元呢，为此父母打了她一顿。

虽然没少因为沉迷书籍挨骂，但她从来没放弃过看书。她说书中自有黄金屋，书中自有颜如玉。前半句话是不是真的不知道，后半句却是百分百浮夸。

所谓的“黄金屋”不过是指修养，而后一句的“颜如玉”其实是修为，她信奉的其实是读千卷书不如走万里路，眼见为实。

当然，在走万里路之前，千卷书给予她的知识实在是很多，她从书中得到的乐趣确实比跳飞机、跳绳、玩过家家都要多。她从书中知道了另一个不为人知的世界，一些神话故事很早就刻在了她心中，与小伙伴闲谈的时候她能引导别人，并告诉他们真实答案，这就是书本的力量。

到了五年级，大概是苏小静十三岁的时候，父亲问她长大了要做什么，她想了想说要做秘书。那时候很单纯，说是秘书就是秘书，跟“有事秘书干，没事干秘书”没有一丁点关系。她说港剧里的秘书都穿着得体的衣服，做着一份令人羡慕的工作：上班打印文件，把文件拿给老板签字，接接电话，传达文件，然后准时下班；

下班后有正常的约会，偶尔去酒吧，偶尔聚餐。这样的生活令人羡慕，她也要过上这种生活。

父亲说，做秘书要懂很多，比如要会英语。

长大后苏小静才发现，职场根本没有秘书一职，所谓的秘书其实就是前台。经济不好的那几年，很多公司连前台都免了，都由行政文员充当，可以说一个人做着几个岗位的工作，哪像电视上演的那样只要打打电话、转发内线，再打打毛衣、嗑嗑瓜子、吹吹牛就能过一天的？

对于工作，她有点失望，但这并不影响她对书籍的热爱，只要有空她就会拿着书看，从言情小说到武侠小说，再到心灵鸡汤，只要想看的她都会看，并且不时拿出来熟读温习。她看了安妮宝贝的《彼岸花》后，被那种带着淡淡忧伤的文字吸引，然后开始在QQ空间、博客上写一些散文，仅供自己娱乐。

没有建设性的文章内容并不受人欢迎，不能做到让人产生共鸣。后来苏小静在微博上认识了一个女孩，那个女孩经常看她写的短句与文章。有一天女孩建议苏小静去写小说，说不定有一天能出版，没准能随之而成名呢。

短短一句话，像巨石一样，在苏小静平静的心湖激起了浪花。她想，对啊，我可以写小说，万一能出版，万一成名了呢？

于是她在起点注册了账号，一开始只是随便写写，连与网站签约的资格都没有。渐渐地，她认识的作者多了，大家看到她那么努力，都忍不住介绍起点的某些编辑给她认识。因为审核问题，她一直没能通过，没能签约。那时编辑引导她，不是扔一堆书名给她，就是扔一堆链接给她，叫她有空慢慢去看书。看多了自然就知道时下流行什么文风，什么方向受读者喜欢，然后就可以签约了。

大概是皇天不负苦心人，她终于签约了。但签约只是代表她前进了一小步，那时最流行的一句话就是：会写字的人都会写书。

是的，只要你文字畅通、故事情节吸引人，环环相扣，前五万字让人有读下去的欲望，那么就可以签约了。只是漫漫写作路长着呢，在网站签约一本书，至少要写50万～100万字，这惊人的数字是怎么堆起来的？就是得每天不停歇地写，至少保证每天两次更新，而每次更新至少得2000字。

可想而知，想成为一名网络作者尚且不容易，更何况是成为出版作家？

苏小静并没有放弃，她一有时间就想剧情，甚至会打开手机便笺把剧情简单写下来，以便更新时写出来。这是她的网络编辑跟她讲的，小说不是想写什么就写什么，要有故事情节，并且故事情节不要狗血，要环环相扣、引人入胜、水到渠成才能成为好小说。没事的时候多想想，最好在睡前就想好明天要写的故事，这样写起来就得心应手了。

慢慢地她养成了睡前构思的习惯，多年来从一部部小说中锻炼自己的文笔，构思故事、积累人脉，直至时机成熟。

在写作没有收入的那段日子里，她必须出去工作，前台也好，在办公室打杂也好，反正一个月下来有工资发，保证了她的生活开销，她才能安心地挤出时间来好好写作。

她吃得很少，穿得也不多，如果不出门，穿着睡衣拖鞋也能过一天。她拿着微薄的工资，除去生活费，其余的都会拿回家交给父母。父母与她相隔五个小时的大巴车程，每次她回家总是杀鸡杀鱼，一个劲儿地叫她慢慢吃，锅里还有。她每次回去都觉得父母好像比上一次老了许多，她这才惊觉时光消逝，她却仍然沉浸在梦中没有醒来。

有时好几天都没法写下一个字，她就听歌看书，尽可能地放空自己。可是她心里着急啊，那时她唯一的愿望就是此生至少要出版一本书才没有遗憾，于是她做了一个惊人的决定——辞掉稳定的工作，凭着一个电话与QQ邮箱，只身来到北京。

她想找一份跟文字有关的工作，而跟文字有关的工作也只有做编辑了。来之前她投过简历，对方回复说她可以来面试，于是她就来了，来的时候她甚至都没有问工资。

坐下来谈完后她才发现，北京的工资跟她所在的小城市基本一样，只不过是多了奖金部分。她略一沉吟，对方就说：“你好好考虑一下，如果靠这份工作养家是不可能的，因为你没经验，比你有经验的编辑跳槽工资最多也就三千五百元，一个月算上奖金，最多也就五千元。”

她一咬牙："好，我来上班。"

她在北京没家、没朋友，要租房子住，而最便宜的隔板房都要一千元，还是押一付三，要住进去得先给四个月房租。她把带过来的钱都用在了租房子上，然后是交通费用。不得不说，北京的交通是最便宜的，两块钱的地铁可以坐老远。

上班第二个月，上司对她的评价是："你连文字编辑都不及格。"

她问："那试用期过了可以拿到三千元的工资吗？"

上司回答："可以，但你要考虑清楚，过完年还要过来吗？如果不过来那我就要重新招人了。"

她点点头："要过来的。"

过完年后回来，她已经做满了三个月试用期，按规定要签下正式员工合同。可是签合同那天她发现合同上的工资并不是预先说好的三千元，而是两千五百元。她拿着合同去找上司，上司说目前经济状况不好，公司要进行改革，变成多劳多得制。意思就是两千五百元的底薪加上丰厚的绩效奖金，最后拿到手的钱多少就凭个人能力了。能力强的自然就有高工资拿了。她的能力有待提升，本来公司裁员名单上有她的名字，上司认为她是可造之才，所以给了她这个机会。

说得委婉动听，可是生活所迫，木来工作压力就大，如今明明说好的承诺没有兑现，苏小静心里当然不舒服。她心想：这五百元搁在以前我可能不在乎，但如今关乎生活，眼看物价飞涨，工资却跟不上，自己的生活质量就会打折。为了这五百元，她不能让步，这是尊严问题，也是现实问题。

第二天，她递了辞职信。

幸好她选择了离开，就在这短短几个月的时间里，她认识了一堆志同道合的造梦者，他们坚守岗位、有自己的原则，并且愿意提携新人。他们跟她说，如果她真的喜欢写书，那就不要放弃，万一成功了呢!

她又回到了那座小城市，做着一份早出晚归的工作，拿着一份饿不着又饱不了的薪水，依然在为梦想奋斗。

然而如今的她已经不是几年前的她，她去了一趟北京回来后更觉得不应放弃自己的梦想，就像他们说的，放弃了就什么都没有了，但不放弃还有可能成功，万一呢?

是啊，念念不忘，必有回响，这是周林在她的第一本书出版后跟她说的话。她既开心又感慨，这么多年以来的煎熬，终于熬出头后她反而冷静异常。

市场动荡，公司人员变动，她的名字又一次在裁员名单中出现，为了生活，她必须给自己找一条可靠的后路。除了每天找工作之外，她将写好的稿子海投了出去，跟她相熟的编辑都会第一时间看她的稿子。当时的情况就是编辑找稿子难，作者找出版难。因为编辑跟她知根知底，所以对她十分眷顾。

然而，并没有什么用。编辑看完她的稿子都说："对不起，目前公司做不了这类稿子。实话说吧，你没出版过任何书籍，没有名气，我们不敢冒险，毕竟出版的成本摆在那里。"

直到有一天，成为她日后御用编辑的小白出现了。小白在QQ上找她的时候，她正躺在床上万念俱灰，觉得生无可恋。那时她正想起麦兜的母亲说的一句话："其实在外面，妈妈也不是一头成功的母猪。"

这种诙谐幽默的说话方式，换作平时她早就笑出来了，可是那天她只觉得人生也许就是这样了，有些梦想没完成之前，努力之后只剩下痛苦。

万幸的是，小白出现了。苏小静觉得，生活终究没有亏待她。她又想起了之前别人问过的那个问题："你们写书的，靠什么活着？"她想，她现在可以坦然地回答了："我是个写书的，我靠我的努力和坚韧，在顽强地活着。"

一个人的精神尤为重要，认定了一个目标或者一个方向，只要这个方向是正确的，总有一天会到达成功的彼岸。谨记：坚持与天赋同样重要，勤能补拙，只要资质不是太差，总会有出头之日。

如果跟初恋说句话，你会说什么?

飞机在头顶轰轰轰地叫着，每次心情不好，我都会来这儿看飞机升降。我不像其他人一样在飞机起飞或降下发出巨大声响时张大嘴巴鬼叫一番，我喜欢静静地看着那个怪物安全着陆。每次我都会想：飞机失事的概率那么高，依然有人乘坐；失恋的机会那么大，依然有人不顾一切、飞蛾扑火般相爱，我有什么理由不开心呢?

莫舒打电话给我的时候，我正看着一架飞机逐渐升空，然后失神。相比于飞机的声音，电话铃声太小了，我根本听不见。可是他不甘心，像夺命追魂Call一样打到我接听为止。那架飞机升空后很快变成了一个黑点，然后消失不见，于是我终于听见自己的电话响了。

莫舒没喝酒的习惯，他一般有事找我都会在白天。他问：“在哪儿？”

我看到另一架飞机准备起飞了，于是快速地说道：“在机场边上，你要有事就来吧。”

一般成功人士都没什么事，只是心情偶尔会郁闷点，郁闷的时候就想找人聊聊。他找我的时候总是付钟点费的，看在钱的分儿上，我愿意跟他聊。

当然，他的工作是没有问题的，就算有问题我也只能替他在人事方面出出主意，实际上帮不了他什么。但心理问题就不一样了，比如有一次他跟我说，他想跟女朋友分手，又不知道怎么开口。

经过我跟他细细分析后，他居然不费吹灰之力、不花费一分一毫地跟女朋友和平分手了。从那之后，他在情感上有什么疑难杂症都会来找我。反正有诊金，我也乐意听他倒垃圾。

这次他又有什么疑问呢？我正想着，发现他大步流星地向我走来，一来递给我一袋零食与饮料，然后自己点上一根烟，深深吸了一口后将烟喷出：“前段时间出差，我遇见初恋了。”

这样的开场白让我始料不及，一时没反应过来：“你不是刚结婚没多久吗？”而且老婆刚怀上，他就这么不甘寂寞了？

他白了我一眼：“我又没说跟她怎样。”然后他自顾自地说了下去，“你知道，我最近出差那次是因为公司组织的活动，刚好出差到她那座城市，我就在微信群里发了条信息，告诉朋友们，我们要在某广场做活动，希望老同学来捧个场。在那座城市的只有她，我是故意说给她听的。然后，她真的来了。”

说真的，我很想跳起来打他一巴掌。目测这么不安分的灵魂，早晚会出事啊!

但收人钱财，替人消灾，每次他来之前都会给我塞一个大红包。既然红包都收了，打他似乎不对吧？不过身为女人，我还真得替他老婆说几句话，于是我说：“嫂子知道吗？”

“她知道。”

“那你想知道当一个女人知道她的丈夫去见初恋情人的时候是怎样一种感觉吗？”

“那时我还不确定初恋会不会来。”

“总之，去一座城市，见一个不可能的人，你是在浪费时间，你知道吗？”

他弹飞烟灰，然后点头：“我不知道你有没有试过很想见一个人，就当是弥补当初不能走到最后的遗憾？”

我想都没想就回答：“没有。”随即又补了一句，“那个很想见的人永远不可能是我的遗憾。如果是遗憾，见了又能怎样？加深遗憾吗？我没想到你是这种拖泥带水的男人。说实在话，这种不干不脆的人，会被人看不起的。”

他长叹一声，根本不在乎我是否看得起他，以一种也许以后再也不会见面的口吻跟我说：“如果当初她肯跟我一起来上海，我身边的位置就是她的。”

我十分肯定地说道："不，因为不曾再拥有，所以你才会遗憾。就算当初她跟你来了上海，也不见得你就不会在别的女孩子身上寻找遗憾。也许是你现在的老婆代替着如今的遗憾，也许是别人。我说得有错吗？"没错，我是冒着被他一巴掌拍死的危险说完这句话的，虽然苛刻，可说的全是事实。

他还是叹了一口气，并没有生我的气，也不承认这就是事实，而是继续陈述下去："我见到了她跟她的老公、女儿。她老公在蒙蒙细雨中骑着电瓶车把她送到活动现场，我看着他们一家三口出现，她容貌没变。可是你知道吗？我觉得她应该配得上更好的生活，如果当初她嫁给我，她就可以待在家里什么都不用干，想去哪儿我都会带她去，而不是坐在电瓶车后面……"说到这里，他说不下去了。

是的，在他眼里，坐在电瓶车后面是很丢脸的。当初跟他在一起的时候还坐小轿车呢，怎么画风转得这么快？只不过人家自己都接受了坐电瓶车，他凭什么不能接受？说来说去，他就是大男人主义，以为在物质上给予就是爱。

我忽然觉得他挺可怜的。是的，一个男人肤浅到以为钱等于幸福，那真的是没救了。

于是我心平气和地说："我也每天骑着电瓶车到处乱窜，那你说，我幸福还是不幸福？"

他欲言又止。他当然知道我个性张扬，向往自由，不喜欢束缚。就像现在，仅仅是迷恋飞机升降的声音，对我来说已经是一种幸福，其他的再多都是恩赐，比如零食与饮料。

我又说：“你怎么知道她不幸福呢？一个女人的幸福真的不是用金钱来衡量的，得看她脸上的笑容有多少。一个穿金戴银、出入豪车接送、吃着山珍海味的女人，却整天愁眉苦脸，你说她幸福还是不幸福？”

他被我说得哑口无言。

最后，我说：“别拿自己的幸福标准去衡量别人。她肯出现在你面前，并不代表你们还有机会，而是她想借此来告诉你，她有老公、有女儿，一家人快乐健康，已经是最大的幸福。同时也在告诉你，别想太多，你们的过去真的已经过去了。即使有一天，她肯跟你单独见面约会，也不代表什么，那仅仅是老朋友见面，你懂吗？”

“她就这么放得下？”他几乎不能相信。他一直以为，她的幸福只有他能给，比如他们分手后有一天重聚，他陪她去逛街，做了那么多年恋爱时都没做过的事，给她买衣服、鞋子、包包，只要她多看两眼的东西他都给她买了下来。然后她突然幽幽地来了一句：“同事的手表很漂亮，是那种水蓝色带钻石的。”于是他给她买了一块比她同事更漂亮的手表。那天花了他几万元人民币，可是他一点都没有心痛的感觉。然后两人回到各自的城市，他给她打电话，她没接；发信息，她没回。于是他找到我：“你说不久前逛街的时候还好好的，怎么突然就不接电话了呢？”

记得那时我是这么说的：“你认为在物质上能安慰她，可是她始终不能在你身边，她不是一件你寂寞空虚时才想起的玩具，她有灵魂、有思想，清楚地知道自己想要的是什么。”

“比如？”他不甘心地问。

“比如，她利用你对她余情未了的心宰了你，然后消失不见，算是对你的报复。你以为你为了工作，在事业与她之间选择了事业，她就必须原谅你吗？太天真了！从你离开她的那一刻起，她的心就已经被割伤了，如今，你只不过是给了她一次割伤你的机会。”

然后他的脸开始扭曲，表情相当痛苦。我知道，他的心开始痛了，心痛那几万元人民币，更心痛一个好好的女子，如今竟然变得冷血无情。

如今，他的不甘心才会变成遗憾。

我说：“过去的都放下吧，就好像这架飞机一样，载过什么人、即将载什么人，真的都不重要，重要的是它载过的人都安全落地了。你也是，这么一个大男人了，还玩什么不甘心啊？她这次肯出来见你，不过是想告诉你，她好好的，别担心，也别浪费时间在她身上了。懂吗？”

他红着眼睛点点头，我真怕他会控制不住，在我面前失声痛哭。

或许大多数男人习惯了自以为是、狂妄自大，所有的妄自尊大都缘于不懂对方，没有深入思考，以为自己付出的爱总有一天会有回报，却不知道人家早已是去水无痕。感情的事最忌自以为是，明明人家没有这个意思，你硬说别人对你仍有感觉或留恋。

时间是最好的医生，当初你我相爱，一旦分开，便给了我看清你真面目的机会。你能感动所有人，包括感动你自己，你以为你仍然爱我，但其实当初你的选择不是我的时候，你便放弃了我，让我有了看清你的机会。所以，以后的一切，即使我仍然愿意陪你演戏，但不会再入戏，因为我清楚自己的身份，既然今时不同往日，凭什么还要我对你一往情深？

一厢情愿的结局往往是最难堪的，是你的自以为是导致你以为自己仍有希望，怪得了谁？

幸福就像摩天轮

戚薇薇是那种上一次当还不知改，非得接二连三撞到头破血流才懂得悔改的人。

第一次是在上学的时候，有人跟她说自己丢了钱包没钱回家，问她有没有钱。她就把身上买书的五十元都给了那个人，还很认真地写了地址给对方。回到家自然逃不过父母的一顿责骂，她还天真地以为那人会寄钱给她，天天等着盼着。最后还是我于心不忍，将省下来的压岁钱偷偷寄给她，她就真以为那人还钱了。

长大后，我每次跟她逛街都会遇到类似的情况：路边一个小女孩胸前挂个牌子，说自己是大学生，出于某些原因现在要筹路费回家。这种伎俩放在我身上根本不好使，人们上的当多了，自然有了辨别真假的能力。为确保自己的利益，我管你真假，反正老子一概不信。

可是戚薇薇不一样，一看到这些她就恨不得连银行卡里的钱都拿出来给对方。我用尽全身的力气才把她拉走，不一会儿她又倒回去，把身上的钱都拿出来给那人：“回家吧，这里冷。”

我的心更冷，这孩子怎么就不听劝呢？都跟她说了下周来还能看见同一个人、同样一段话，她就是不听。她跟我说：“万一呢？”

我头也不回：“没有万一。”然后偷偷地报了警，让警察去处理那些死不要脸的行乞者。这些人如果没人管，真的会扰乱城市秩序。一周后我们再次路过那个地方，乞讨者明显少了许多。薇薇说：“你看，她真的回家了。”

我仰天长叹：“也许到别的地方干着一样的事呢！”

她推了我一下：“欢欢，你怎么总把人想得那么坏呢？”

看她一脸认真，我真的不忍心告诉她：不是我把他们想得坏，而是他们本来就是那么坏。

我没法忘记某天在公交车站遇到一个老太婆，她走到我面前，眼里泛着泪光，跟我说她家就在某个地方，就差两块钱坐车回家。我最看不得别人哭了，特别是老人，于是把手上的钱都给了她，还问她要不要送她回去，她拒绝了我的好意。然而，隔天我又在同一个公交站见到了她……

被骗的感觉真的不好受，那老太婆见到我也尴尬得不得了，她都这么大年纪了还出来骗钱自然有她的苦衷，但我无法原谅的是自己被人骗了还不能讨回公道，于是从此我对每个人都防着，但不包括戚薇薇。她这个人就是缺心眼，比我还缺心眼。不过这种缺心眼只是善良的一种，有时我倒希望她真的不要受伤，不要被这个充满恶意的世界伤害，于是我尽自己所能，总让她看到美好的一面。

我喜欢白纸一般的她，她的世界充满美好，单纯、纯洁。

可是凡事都有例外，不是吗？比如，总有人喜欢欺负善良的人。

某次同学聚会，某男知道戚薇薇喜欢他，于是假意迎合，三次约会之后他开口说家里在准备结婚用的婚房，房子在装修，装修好点也好迎娶新娘。

戚薇薇这个傻丫头就自动切换成自己就是那个新娘，婚前帮补一下夫家不是很正常嘛，于是她把存折上仅有的几万元全拿出来给了某男。某男也不客气，连借条都没打，拿了钱就走了。他家有没有装修我还真的不知道，我只知道最后戚薇薇找他，他总有事，借口就是装修忙。戚薇薇说去看看装修进度，他又以灰尘大、不是她去的地方等借口拒绝了。再打电话，又说出差在外地，然后三五次之后，直接就关机了。

这还是老同学，关机、换号码都没关系，只要戚薇薇一声令下，我们就是挖地三尺也会把那个男人找出来。可是戚薇薇说也许他真的有困难，等他渡过难关就会出现了，我们要给他时间。好吧，如今已经是借钱后的第四年了，那个男人就这样从我们的同学聚会中消失了，为了几万元，消失在我们的视线里，戚薇薇的几万元就这样凭空消失了。

吃了一次亏还不算，不知怎么回事，后来那男人又找到她，跟她说投资生意失败，约她出来喝茶。还好这次戚薇薇警醒，带上了我。我开口就说：“借钱没问题，我们有的是钱，但麻烦你把之前借给你的三万元还了再说。”

有借有还、再借不难，这道理不难懂吧？

他说：“如果有钱，我就不会再麻烦你们了。”

呵，他说的可是你们呢！我笑了笑，一杯咖啡喝完，我拉起戚薇薇就走：“咖啡的钱麻烦你结一下账，我们今天出门都没带钱包。”

一路上戚薇薇还在唠叨：“也许他真的是生意失败，我们怎么不再信他一次？”

我抡起拳头，真的好想打她，但最终我没舍得打，只好说：“你用脑子想想好吗？就算他真的有困难，跟咱们有一毛钱关系吗？还有，凭什么他借了钱之后玩失踪？先不说那三万元放在银行有多少利息，你拿去买衣服、买包，可以买多少？”

她闭嘴了。

我却没法闭嘴：“我问你，其实你心里也知道不能再借钱给他，你才告诉我有这么一回事的，对不对？可你总得学着自己拒绝别人啊，其实拒绝别人并不是件很难的事，你只是不想开口或不知道怎么开口而已，对付这种无赖，不找专门的收债公司上门收债已经很给他面子了，你懂吗？”

我怎么都想不到，那无赖还真有一手，先是骗钱，然后就是骗感情。当我知道戚薇薇又借了好几万元给他的时候，我知道自己再怎么暴跳如雷都没用了。

我问：“你为什么还借钱给他？”

她道：“他说等他事业上了轨道就娶我，他说他爱我。”

我就知道那个男人没那么简单，但恨归恨，我只好说：“那你爱他吗？”

其实不用问我也知道，如果不爱，她怎么会借完一次又一次？

我苦口婆心地劝说：“现在已经不是钱的问题了。他如果有诚意，就不会在借了你的钱之后玩失踪；他如果有良心，就不会借了钱不还。没能力还钱，那还借什么钱？”

她被我说得一愣一愣的，我又问她：“想不想把钱拿回来？”

她捂着脸哭了起来，泪水从她的指缝中流了下来。

我真的不忍心把这个残酷的真实世界告诉她，真的不想把真相挖得那么深，但事实就是这样，如果一个人连接受事实的能力都没有，那她或许真的不配跟我做朋友。于是我拿我跟她之间的友谊做赌注，因为没把握，所以才赌一把。我说：“前天我在咖啡厅看见他跟一个女人喝咖啡。我知道你会说喝咖啡不算什么，于是我找了小娟帮忙——你还记得小娟吧？她是连锁酒店的经理，她帮我查了他的开房记录，光是这个月他就一共开了16次房，而且这个月还没到月底呢。我想问你，你觉得他开房是去干什么的，不会是开房打麻将吧？”

事实摆在眼前，戚薇薇对他的爱已经逐渐消失，我说：“退一万步讲，就算他有跟你结婚的打算，但拜托你想想，婚前都已经问你借钱了，婚后怎么办？这种没有一点责任心的男人，真的值得你一心一意为他好吗？”

我自问没有劝人为善的本领，只是不想身边的朋友当了傻瓜还不自知。圣母不是那么好当的，浪子回头是很遥远的事。眼前的事都没摆平，凭什么幻想一个美好的结果？

有时候看错人不是因为你瞎，而是因为你善良；有时候相信人不是因为你蠢，而是因为你把感情看得太重；有时候忍下，不是因为你没理，而是不愿去争了；有时候不是因为你不够好，而是你判断错了。人心真是无法看透，但是我相信有些人会一直善良无悔，因为我始终相信，心灵美丽，世界就美丽。

据说后来戚薇薇找人把那个男人打了一顿，然后逼他在规定时间内把借的钱还回来。我知道，善良并不代表柔弱，善良只是一种选择。她选择了善良，是希望这世上仍然有美好存在。谢谢一直以来都有像戚薇薇这样的人存在，他们就像幸福摩天轮一样，有高有低，幸福而美丽，即便回到终点，也是新的起点，像极了人生。

烟花背后一片狼藉

每逢节日，总会有一大批人晒礼物，如今更直接，有红包，谁还晒礼物啊？只是得有多肤浅，才会去告诉别人自己收了什么礼物或多少钱？

真正有气质的淑女，从不会炫耀她读过什么书、买过什么衣服、去过什么地方、见过什么人、吃过什么东西，因为她不自卑。

你晒东西是真的随手一发，还是发自内心地喜悦？

静茹说：“如今的社交软件真是越来越不能看了。”

我问：“为什么？”

她说：“如果都是陌生人，似乎能多了一份理解，因为觉得对方始终跟自己没生活交集，一言不合或看不顺眼，直接拉黑删除就好。关键是，朋友圈都是现实中的朋友居多，你今天发一张图说去了哪儿玩，明天又发几张图告诉别人你吃了什么东西，真没意思。”

我说：“眼不见为净，不看不就不烦恼了吗？”

她又说：“都在一个群里，哪能说不看就不看？几天没看就好像与社会脱节一样，不看是不可能的，看了又堵心。别被我说中，明天情人节，又一大批虐狗的。”

我笑了：“他们就真的那么闲，一天到晚抱着手机在刷，不累吗？”

我跟她讲一个故事：某先生在出门前、上洗手间、上床前、起床前、起床后、走路、坐电梯都在刷手机，看完新闻看朋友圈，看完朋友圈看微博，看完微博又到群里转转，总有刷不完的信息。有一天出门，本来都已经收拾好东西上班了，走到公司才发现钥匙没拿，而老婆在外地出差。他可以不见钱包、不见钥匙，但就是没有不见过手机。再看看类似的例子，不少拿着手机过马路的被车撞了，不少司机看手机出了车祸……

她听得一愣一愣的，惊问：“真的？”

我笑：“我虽然是个作者，但不至于编这种故事。你上网搜一搜，有多少意外是因为手机惹的祸？”

其实我一点都没夸张，很多女人都想化作情人手中的手机，好让他一天到晚拿在掌心里，而很多孩子出意外也是因为监护人看手机所致，一时疏忽，忽略了孩子才让孩子出了意外。

再说回情人节，其实就是一群可怜人捧着微不足道的证据，告诉自己也曾被宠爱过。

俗话说得好：没什么，才晒什么。

有些人得到一颗糖之后总喜欢到处张扬：看，我有糖吃，你有吗？一副得意的样子。殊不知别人天天吃糖，根本不屑于去告诉你今天吃了多少颗糖。

就像刚结婚的小雨，她每晚枕着老公的手臂入眠，根本没想过要告诉别人她老公的手臂麻了，她的脖子歪了。

某些失眠的人偶尔约会一次就大张旗鼓，又是发朋友圈又是发微博的，生怕别人不知道她今天破处一样，然后惹来一片哗声。你也许真不知是招谁惹谁了，很有可能就踏地雷了。因为你在晒幸福的时候，也许刚好有人失恋，于是被你所谓的幸福刺痛了双眼。那些道行高深的会假装看不见，知道你装的自然也一笑而过，但认真的人就麻烦大了，谁叫你刚好踩到了她的尾巴，在她的敏感期做些不合时宜的事，情商低啊大姐！

我从来不是一个注重节日的人，有当然最好，没有也罢，一个人最幸福的瞬间似乎是一夜无梦，睡醒后精神百倍比任何礼物都管用。我想要什么，自己不会去买吗？被欲望左右，注定是不会太快乐的。

他有我心，自然懂我想要的是什么。不惹我生气、不增加我的麻烦已经阿弥陀佛万事大吉了，哪敢奢望啊！

被朋友圈晒幸福的人虐真的不要紧，只要深究总会发现苗头。

有些人假装幸福，有些人是真的希望分享幸福。作为朋友，面对假装的那些心生怜悯，面对分享的那群自然就同乐了。

真正幸福的人从来不屑于去晒什么幸福，更没任何杀伤力。他们就好像告诉你今天喝了一碗很好喝的粥一样，淡得令人根本觉察不到她的幸福，是那种细水长流、目光如水的温柔，整个人都没有棱角，懂得为别人着想，甚至不想要什么，因为她想要什么都会凭自己的能力去得到。她更不会要求对方给予更多的爱，在索取的同时，她早就付出了她的爱。她同情心泛滥，耐心与信心并肩而行，特立独行的姑娘从来不屑做那种惹人生厌的事。

一个有深度的成年人不会总是四处张扬自己幸福的一小部分，你有的，别人没有吗？幸福是用来感受的，说出来的幸福意义相差太大，不如不说。

“我老公今天又给我买了条裙子，那颜色我不喜欢。”这种话你会跟人说吗？颜色不喜欢，但你老公觉得穿在身上很适合你。“老公又买了一支唇膏给我，那种颜色我已经有了，这支送给你吧。”你会说这种话吗？当然不，老公送给你的东西，怎能跟别人分享？

这算是自私吗？是的，自幼父母就教导我们财不可外露，幸福亦然。被晒出去的幸福，会被剥夺幸福自身的寿命。我迷信，不想属于自己的幸福从自己手上失去。这么多年来，我终于学会了凡事都有度，有张有弛，然后细水长流，才能天长地久。

只听见赞美的人生注定失败

小冰小时候常听大人说：“你看她长得真好看，这是典型的瓜子脸吧，那双眼叫什么？哦，没错，就是传说中的丹凤眼！”瓜子脸配丹凤眼已经秒杀了很多土包子，再加上她皮肤雪白，小巧的鼻子与嘴巴，简直精致得不像话。从幼儿园到高中，她一直是班花及校花，成绩也一直名列前茅，深得同学与老师的喜爱，直到大学的时候小燕的出现。

还记得九月开学的那天，阳光明媚，小燕把长发扎在脑后，穿着简单的白衬衣与牛仔裤，微笑着走进教室时全班一片哗然：怎么会有这么漂亮的氧气美女？

那一头乌黑的长发又黑又直，直垂腰际，以后的每天小燕总爱扎不一样的发型，今天是高高地扎在脑后，明天是双辫垂在脑后，后天又扎一半头发……一头长发展现出不一样的风情，总能让人眼前一亮。

最厉害的是她那一头长发永远飘逸，永远没有油腻或头屑出现。如果说小冰的皮肤是白的，那么小燕的皮肤就是白里透红，眼睛大大的，一笑顾盼生辉，再笑倾城。一张鹅蛋脸，身材高挑，发育良好，如果说小冰是古典美女，那么小燕就是时尚美女。两个不同风格的人似乎不用比较，但大多数人更喜欢小燕多一点。

一直以来专属小冰的风头瞬间被小燕占去了，小冰自然很不开心。但她很快调整好自己的心态，专心读书，两耳不闻窗外事。很快到了大二，被簇拥的小燕自然很快就被喜欢她的男生示爱了。

在那时候，女生喜欢一个人总会有办法引起那个人的注意，如果他也喜欢她，那么她坐等他来追就好。

那个男生是体育健将，眼睛大大的，被晒成古铜色的皮肤尤为吸引人。喜欢他的女孩子很多，但他还是无可救药地喜欢上了小燕。

小燕那时候成绩平平，有了男朋友之后更无心向学，成绩一落千丈。老师看在眼里痛在心里，这么漂亮的孩子如果成绩不好那就真的太糟蹋了，于是老师便找她谈话，毕竟身为师长总觉得一个聪明又漂亮的孩子不应该把自己的前途毁在恋爱上。

但热恋中的小燕怎么听得进去？不过被老师找过谈话之后倒是收敛了点，至少上课认真听课，不再走神了。

而同样长得不逊色的小冰也有人追，但她用冷眼旁观的态度面对这些突如其来的约会。她接受男生写给她的情书，接听男生给她打来的电话，但并不为情所困，也不为谁心动，生活作息均有规律，学习成绩一直排在全班前五名。小冰文静的性格深得老师与校方喜爱，小燕因为迷恋爱情，老师表面上虽然没说什么，但从心里还是对她挺不看好的。

事情的转折点是在小燕的男友毕业后。那时她才读大四，一下子不能接受男朋友毕业要到外地工作的事实，心情受到影响，成绩更是狂跌。力挽狂澜已经不可能了，更糟糕的是男朋友进入社会之后渐渐与她生疏起来。本来小燕回学校看不见男朋友已经很失落了，如今更明显地感到男朋友的冷落，她一气之下答应了候补——一个也在追她，可是被她男朋友打败的男生的追求。班上的人都说她耐不住寂寞，没有男朋友不行，什么难听的话都有，但她依然我行我素，一副“你们奈我何”的样子。

大学毕业后小燕随便找了个文职的工作，还是她爸爸托人找关系才进去的。家里人想着自己的闺女好歹算是大学生，做文职轻松又不会太丢脸，先混一段日子再说吧，毕竟这个年纪结婚太早，不工作肯定是不行的。

最后小燕在情场上分分合合，在情场打滚多了也有生厌的一天，她知道那些男生追她的企图，感到不好玩了，从一开始的认真到最后的假装认真，从一开始的激动到最后的心如死灰，她的样子没变，但她的内心已经千疮百孔、疲倦不堪。

后来工作了几年后她便找了个对她好的男生草草结了婚。那个男人的条件不太好，但油嘴滑舌，能把她逗笑，是从来没让她哭过的男人。

婚后两人也过了一段好日子，但孩子出生不到一年，那个男人又去讨好别的女人，还把人家骗到了床上。小燕发现后伤心欲绝，悔不当初，可为时已晚。幸好她家庭条件比较好，与老公协议离婚后一个人带着孩子回了娘家，娘家迅速给她买房买车，盼望她能振作起来，把之前不愉快的事情忘掉，还托人帮她找了一份轻松的工作，让她开着车去上班，把孩子放在娘家养。

其实有时候长得好看并不是福气，特别是在自己没有判断能力的时候，这种好看更是一种错误的存在。不能认清自己，不知道自己该干吗，以为凭着一张脸就可以过上好日子的女人实在太多了。小燕错在读书的时候没有好好上学，该擦亮眼睛的时候却当了公主。被人侍候的感觉当然很好，可是她没有看清对方的人品与性格就盲目把自己嫁了，以为会被对方捧在手心，不开心的时候有人逗自己笑便足矣，却不知道那人的企图是什么，目的又是什么。

与其相反，小冰被小燕打败那一刻就认清了自己的处境，知道山外有山、人外有人，想要与众不同，必须学好本领傍身，人无我有、人有我精才是王道，于是她发愤图强，考了个专科，毕业后独自参加工作，很快升职，在自己的世界里如鱼得水，凡事游刃有余、风生水起。

她在这么多年对小燕的冷眼旁观中学到了一件事：男人在追你

的时候可以上刀山、下油锅，但这只会止于追到你之后。小冰从来不浪费时间在谈恋爱上，过了二十三岁以后再有人追她，那才可能是真的冲着结婚去的，那时候的她思想成熟、事业稳定，适合组织家庭、结婚生子。结婚前她会衡量对方的条件，从人品到性格、从家庭背景到学位、从职业到生活体验、从长相到身高一一验证，确定没瑕疵之后才踏出重要的一步。

她从不人云亦云，也不因年纪大了就让步，将就一词对她来说是天方夜谭般的存在，她的理念一直是结婚前坐公车上班没问题，结婚后坐公车上班也没问题，但房子与存款一定要有，要不然怎么踏实、怎么保证婚后的幸福生活?

谢天谢地，当年她没有被赞美迷住心窍，也没有耽误最佳的学习时间。她想，只有自己的条件好了，才配要更好的东西。如果是门当户对，她也有底气与男人谈判，要不然就会落得和小燕一样的下场了，想想，真的好险。

成功没那么容易，但不想失败就只有奋起直追，咬着牙去做你认为坚持得十分有意义的事。

比如写作便是一门非常奇怪的职业，成名之前常常叫人笑话，自然，稿费不高，名气又没有，在旁人看来简直是浪费时间，很多作者在没成名之前总是默默无闻、毫不起眼，然而一旦成名便光宗耀祖，以前所吃过的苦、熬过的夜、看过的书将变得更有意义，却也更加不值一提。

人间四月天，啧！

在动荡的社会里，安稳一词变得十分奢侈：我希望有一份安稳的感情，从恋爱到结婚再到老去都是那个人；我希望有一份稳定的工作，可以满足我的温饱以及照顾我的日常所需，我还需要在工作以外完成我的梦想……

雪化后那片鹅黄，你像；
新鲜初放芽的绿，你是；
柔嫩喜悦，
水光浮动着你梦期待中白莲。

你是一树一树的花开，

是燕在梁间呢喃。

——你是爱，是暖，是希望，

你是人间的四月天！

我只截取了半首诗，却足以看出其中的美好，一切都是那么从容不迫，一切都是那么让人迷恋。在林徽因笔下的人间四月天简直美得不像话，放在如今，更显得珍贵而不复存在。

有一个朋友上门找我：“帮帮忙，最近买了房，又在准备生二胎，压力挺大的，你看有没有什么项目可以做做？就是不用成本去赚取服务费那种。”

我说：“有啊，劳力，付出劳力，自然得到相应的报酬。”

他十分沮丧：“我不能坐班，并且有晚睡晚起的习惯。我只是觉得有时候时间太多，想抽出几个小时去做点什么，赚点钱。”

我摇头：“没有一个工作是很轻松的。你羡慕别人月入一万，却不知道他往往要工作十几个小时，回家除了睡觉就是睡觉，没有见朋友的时间、没有喝下午茶的习惯、没有时间看书，甚至没有时间过夫妻生活。你多出来的时间可以去麦当劳做个兼职啊，薪水按小时算，不会没有收获，既没有浪费时间，又把时间用在了赚钱上面，一举两得。”

我知道他衣食无忧，到了结婚年龄顺利地结婚生子，人到三十多岁才猛然发现前半生已经快过完了。目前国家开放二胎，他是家里独子，虽然已经生了个儿子，但在能生的情况下仍然想再生一个。

从毕业到结婚生子，他几乎没有正式上过班，他以前是怎么过来的？首先，他有一个做牙医的爸爸，牙医这个行业在以前和现在都是比较吃香的，所以他暂时可以啃啃老，反正他是家中独子嘛，现在不给他，他爸死了以后还不是要把家产留给他？

其次，他家中有几套房子供他收租，应付平时的日常开销是绰绰有余的，但如果想搞点什么生意做做就要很努力地存钱才可以。只不过现在房价一直居高不下，房价高了，外面的商铺也跟着涨，这么一来似乎做什么生意都赚不到多少钱，于是他才开始头痛：该做点什么来增加收入呢？嗯，这真是一个很有问题的问题。

当然，关于以上建议，他是想都不会想的，一天消费两百元以上的人，会去麦当劳当钟点工吗？当然不会。沉默了一会儿，他问：“你这么夜以继日地写书，有钱吗？”

我说：“一开始是没有的，但如果不做，以后都会没有。”

他似乎没有听懂我话里的意思，没听懂很正常，平时他就喜欢在外流浪，家对他来说形同虚设，三更半夜不回家这种事经常发生。累了就去按个摩、泡个脚，日子过得逍遥自在。反正家里的日常开销他也没落下，老婆孩子都活得好好的，他根本不用操什么心。最近因为准备要二胎才萌生了奋发图强的愿望，但愿望永远只是愿望，想不付出劳动获取金钱似乎渺茫了点。

天下的财富没有不劳而获的，更没有免费的午餐，想奋发图强、创一番事业，付出的精力与时间必须比其他人更多，才有可能成功。

我身边有很多创业的朋友，没有娱乐、没有午休、没有假期，像头牛一样低头干活，不问收获，只管耕作，三五年后改头换面，社会地位晋升是意料中的事，买车买房变成唾手可得，老婆孩子出国移民都不在话下，公司上市的上市，不上市的也小有名气。所有堡垒都要靠自己一手一脚建起来，这样才更有成就感，想不劳而获？做梦！

你是人间四月天，四月是雨季，是白玉兰花开的季节，走在树下，不用仔细闻都能嗅到它那独有的清香。凤凰花不甘落后，开得灿烂，如雨后彩虹、晚霞满天般绚丽夺目。然而，天还是那个天，四月还是那个四月，你却不是那个你。你不愿不思进取、安享现状，就得很努力，看起来才会不费力。

能用钱解决的事情别动手

似乎每一件事结束之后都会有余波，没有生活经验的人很难预料那些余波是什么。就好像总有人喜欢捅马蜂窝，捅完后却不知道应该怎样去收拾残局一样。等有人出来收拾残局了，又会认为那个人多管闲事（你们的良心都被狗吃了），这是目前很多人的状况。

一年一度的同学聚会又来了，说实话，同学聚会就是找个借口怀旧，我是无所谓，他们有什么节目、有什么要求我都会尽力配合，可不是有些人就是不愿意配合吗？

这事一直以来都是会长安排的，碰巧这次会长有事，也没说安排谁来组织这次活动，于是一些闲得发慌又热心的人士就出来了，我暂且喊她婵姐吧。无可否认，这是一次很难得的机会，做好了有种当老大的感觉，但一般情况下很少有人能做好。

这个人必须得有号召力、有威信，还得有亲和力。然而婵姐除了蛮力，什么都没有。一开始她就偷了老公同学聚会的通知，改了改放在我们群里——算了，这也算是一种省力的表现。她突然想让我们都买统一的服装来配合这次活动。本来大家都挺忙的，能参加的都是百忙中抽空出来的，哪像她整天在家带带孩子就过一天啊？她这个规定一发出来就有人觉得成本挺大的，嗯，我必须说明一点：参加聚会的同学都得交两百元现金作为活动费用，所以这额外多出来的服装费用大多数人觉得根本没必要。她也没把衣服的款式、颜色、价格公布出来就喊同学们报名。换了是谁，什么都不知道也不会报名吧？报了名让交钱是交呢还是不交呢？如果价格不合理或款式不好看是不是就可以不交钱？这些都是问题啊。

看见群里有反对的声音，她又开了个私群，拉了平时活跃的几个同学，当中也包括我。她说："欢欢，我觉得你出去说句话，他们都会从了你。"

我叹息："大姐，一开始这事就没谱，我觉得他们能来已经很不错了，毕竟毕业这么多年了，大家早就各奔东西，能聚在一起已经很不容易，就别搞这些有的没的了。而且你也要照顾一下其他同学的感受啊，买衣服没问题，但对于一个能力有限的人来说，一下子掏好几百块钱来参加一个怀旧活动，并且还没什么成就，确实是过分了。"换言之，我是站在那群反对声音里的，我甚至可以代替他们发声。首先婵姐没站在他们的角度考虑，一味想着表面的东西，却没有实际行动，缺乏说服力。一个缺乏说服力的人看起来是在为大家办事，但很多时候是好心办坏事。

见她不说话了，我又说："还好现在刚刚开始，可以推翻重来，以后也算是有经验了。"

没想到她不爱听了，一味固执地说："统一服装挺好的啊，拍照的时候很有集体感。"

我心想：这是上学的时候穿校服没穿够吗，干吗要这样糟蹋自己啊？

然后她又说："至于有几个说不买服装的，可以啊，我们可以凑钱给他们，这样一来大家就都有衣服穿了。"

我差点一口水喷向屏幕：凑钱？不就是一个同学聚会嘛，至于搞成慈善捐款那样吗？说实在话，甭管捐钱的那堆人怎么想的，他们有钱，也愿意出，那都没问题。可是大姐，你考虑过一个成年人有手有脚有思想，然后去接受你那一套衣服的捐款时心里的感受吗？

人家不想穿同款服装，你非要逼着人家穿同款的。我想问，你搞这次活动的意义何在？我怒了："既然大家都不愿意，那就取消统一服装这个计划吧。还有，你的付出大家都看在眼里了，但拜托不要逼着人家去做一些不愿意做的事情。"

然后她没台阶下了。

憋了半天，她说："这个提议是我老公想的。"意思就是跟她没有直接关系？

目测她其实很幼稚，我不应该跟她一般见识的，但没办法，我这人脾气不太好，于是我又说："功就你居，祸就你老公来担。这事你老公知道吗？"她的行为十足就是那种摊上事了就闪，跟她一起干活的都得遭殃。关键是从头到尾她老公都没出现过，这才奇葩，这种行为跟"我爸是李刚"有什么分别？

这时会长跟我私聊了，他说："欢欢，别跟她一般见识。这次活动我在外地，聚会当天能赶回去已经不错了，你就以大局为重，帮忙组织一下吧，毕竟当年你也是学习委员。"

于是我在大群里说："服装的事就算了，当年穿校服都已经穿够了，如今就尽情吃喝玩乐吧！照顾一下偏远地方的同学，时间定在一周后的周末，地点还在老地方，报名的顺便把费用交到我这儿，我好统计一下人数以及当天的消费，到时会有明确的价目表出来。从早上喝茶到午餐、晚餐、KTV，怎么样？"

群内欢呼声一片，接下来比较顺利，就是报名、统计人数与金额等，我忙完看了一下时间，才过去两个小时，我微笑着拿起杯子给自己泡了杯玫瑰花茶。

婵姐为了这次活动准备了两天，加上最后被刷下来那天，一共三天，还在群里说："我为了这次活动忘了给家人煮饭，我煮饭的时候因为专注于群里谈话把锅给烧了，我为了这次活动……"

当你没有能力组织大型活动的时候，请接受现实并闭上你的嘴巴，自己的事都还没做好的人根本没资格去说别人，谁给予你多嘴的权利？

每一个优点背后必然会产生缺点，我们必须去接纳它。在看到别人的缺点的时候，多看看对方的闪光点，便没那么想跟对方一刀两断了。

人与人之间是平等的，你对别人好，别人不可能感受不到（个别白眼狼就不说了）。你首先得尊重别人，别人才会尊重你。

不久前看到一篇文章说：我以为别人尊重我，是因为我很优秀。慢慢地我明白了，别人尊重我，是因为别人很优秀，优秀的人更懂得尊重别人。对人恭敬其实是在庄严你自己。

那些不打你的脸的人，是因为觉得打你会脏了自己的手，所以才会对你敬而远之。你渐渐发现身边的朋友越来越少，这就是很明显的一个结果。

别把自己看得太重要，别老把“我”挂在嘴边，特别是不能说“我很急”。你很急关别人什么事呢？你急你就能插队吗？你急用钱，别人就要借钱给你吗？

也不要说“我今天回来吃饭”。一句话让家人从早上开始准备，然后你一个电话打回来：“临事有事，不回来吃了。”

你要回来吃饭可以，你要吃饭自己不会煮吗？别人煮饭给你吃，你感恩过吗？

种种迹象可以看出你是一个什么样的人，那些一直说“我”的人都是十分自私的，不信？那就互相监督下吧！

你不是没时间，你是不重视

我坐在飞驰的出租车内，看着窗外的滂沱大雨，那雨像雾一样包围着昏黄的街灯。车内一片宁静，挡风玻璃上的雨刷有节奏地刷着雨水。雨幕中的车辆甚少，没有了热闹的场面，更显得冷清。一阵电话铃声响起，是老同学打来的，我看了一下时间，晚上八点多。

他在电话里问我："回老家了？"

我握着电话，那声音很熟悉，听起来像小时候那样，有一种莫名的安稳感："是，刚下车，现在在出租车内。"

他说："听说明天同学聚会？"

我回答："是。明天你会回来吗？"

他笑："哪有时间啊，做我们这行最忙的一般都没正常假期，不像你，自由职业者。”

听出他语气中带有羡慕，但听不出讽刺的味道，我当他是夸我，于是说：“是啊，像我们这种说是自由，其实连买房都不行，没有固定收入，银行不相信我。”没有社保、没有国家福利，赢得了自由，更多的却是更不自由。看似自由，赶起稿来连周末都在工作。没有固定休息日，赶完稿又可以像放暑假一样乐上大半个月，算是自己给自己的福利吧。最麻烦的是往往灵感在半夜爆发，所以白天一般无所事事，晚上工作。日夜颠倒的生活经常把身体熬坏，我还染上了恶习，不抽烟、不喝酒可以要了我的命，文人都爱贪杯，我是有过之而无不及。

“在哪儿？”他的声音暧昧得不像话。

我随口说：“在出租车上。”

他说：“注意安全，明天多发点照片出来。”

我说：“好。”

好多年没见的老同学总有一股熟悉的味道，像回到读书时的单纯，我们的同学聚会不就是回忆当年吗？想起以前的打闹以及课间活动什么的，心中莫名一阵激动。是的，因为都过去了，才会觉得分外美好。

后来我因为有事打电话给他，他也热情帮忙，随后陆续有过几次联系，每次我这边出了什么状况跟他一说，他总会充当大哥哥的角色帮我摆平，很多次我都在同学们面前夸他，说他人好。只是他一直单身，我身边很多同学都结婚、离婚又结婚了，他依然一个人，偶尔看见他在朋友圈发的一些心情，知道他有喜欢的人，但好像那个人不太喜欢他。

终于有一次，我八卦地问他："怎么不找个女朋友？"

他笑："女朋友也不是说找就找得到的，要看缘分。"

"谈过恋爱吗？"

"谈过。"

"那现在有目标了吗？"

他开始沉默，之后我也以好朋友的身份充当红娘，给他介绍过几个过了我这关的姑娘，可是介绍完了就都没有了下文。

我问："你怎么不主动约她们呢？总不能让一个女孩子对你主动吧？你抽空去见见她们啊，一回生、二回熟，聊着聊着就有感觉了。对方是贤妻良母型，煲的汤可好喝了。人挺好的，我觉得跟你挺般配的。"

他说："忙啊，等我忙完人家都睡了，怎么好意思打扰？"

"那你想找个怎样的女朋友？"总不能这样潇洒地过一辈子吧？这家伙可真让人操心。

我很少这么鸡婆，他以前帮了我几次忙，如今算是我还他的人情债吧，我最讨厌欠情债了。

他说："看缘分吧。"

挂了电话，我说了一句：缘你妹！

都什么鬼，明明都一把年纪了，还这样不上心，难道还真以为自己能娶一美女，既懂温柔又能文能武？谁不这样想啊，可是去哪儿找？现在富二代遍地，好的姑娘还没让你看见就已经被人抢去了。有不错的姑娘留给你就不错了，还挑三拣四的，真是浪费了我的心力！我还得跑去跟那姑娘解释半天，说他工作挺忙的，希望你们俩能有戏，记得结婚的时候请我喝喜酒啊，然后就呵呵了。

跟朋友说起这事，她疑惑道："他会不会喜欢你？"

我大吃一惊："怎么可能！都十几年的老同学了，喜欢我怎么不早说？"关键是什么？关键是我对他根本没感觉啊！太熟了，太熟的人只能当朋友，一旦跨越了那条线，最终后果就是连朋友都做不成。代价太大，谁都不肯轻易跨过那条线。

这件事就这么不了了之。

后来有个朋友找我帮忙找工作，我想起他也是做那一行的，就顺便跟他说了声，挂电话的时候他说："你让他加我微信吧，我们互相聊聊会更好一点。"

我说："行，那我挂了电话就把他的名片推送给你，你加一下他哈。我也会跟他说一下你这边的情况，以后你们自己聊就好了。"不用再通过我传达信息，我乐得清闲。

两天后，我在微信上问他：情况怎样？

石沉大海。

三天后我又问：怎样？专业不对口吗？

依旧石沉大海。

第四天，我实在忍不住打了个电话给他，按道理这个时候他应该下了班在吃夜宵，可是直到电话自动挂断都没人听。我以为他睡了，电话调了静音没听见。

好，那第二天看见我的未接来电应该回我一个电话吧？可第二天我没收到他的来电，那么他是太忙了，没时间回我电话吗？

然而，他并没有那么忙，因为我看见他发朋友圈了。这是继四天前失联后，他第一次出现在朋友圈，于是我连忙发微信给他：怎么不回我信息？

依旧石沉大海。

我就呵呵了。

于是我转头问那个朋友，结果让我大吃一惊。他说："没有人加我啊！你跟我说完后我就一直留意微信，没有陌生人加我。"

这种感觉就像你明明准备以身相许，他却说没准备好一样，好好的一腔热情被一盆冷水给泼得清醒无比。我终于忍不住给他发了一条长信息，内容如下：

其实如果你跟我说不方便帮忙或其他任何原因都无所谓，但至于玩失踪吗？我这个人有话直说，这么多年的朋友，你应该知道我的脾气，我最讨厌答应得好好的却没做到。

发完消息后我没把他删了拉黑，而是耐心地等他答复。

我睡了，他的信息来了：对不起，最近很忙。

这解释换了谁都不会满意吧？你忙可以啊，但挂了电话用一分钟不到的时间去加一个人有多难？还有，你总会上洗手间的吧？你在上洗手间的时候会带手机吧？就用上洗手间那几分钟把该问的问题都问了再等对方回答有多难？

你有时间发朋友圈，也有时间在同学群出现，怎么就没时间去做一件举手之劳的事呢？

对于他的这个解释，我是一百个不接受的。我虽然没有把他从我的朋友圈拉黑，但他已经被我从心里拉黑，以后再也不会电话联系了。或许，这也是他想要的答案。回想当初，我确实给予他太多麻烦，既然如此，那么除了成全，似乎已经没有别的选择了。

很多真诚的人，走着走着就走进了内心；而虚伪的人，走着走着就淡出了视线。注定的，我跟他不会是一辈子的好朋友。

我始终认为，如果他觉得不太方便帮忙的话完全可以直说，我当然能理解。他又不是超人，什么事都可以做到，但他竟然用这种方法来拒绝我，我反而不能理解。

从此老死不相往来。

男人与男人之间的区别

不结婚有不结婚的好处，至少还拥有自由啊，除了偶尔会寂寞。

单身也是一种态度，尊重自己，在没遇到合适的人之前，过着一种与世隔绝或花花公子的生活，并无不可。可是结了婚就得按游戏规则来玩，不是想自由就可以任性的，一旦成家，应负的责任还是要负的，想想当初为了走在一起用尽了全力，怎么舍得说放手就放手？

所以，吵架归吵架，心情平复之后要懂得回家，一如既往地关心伴侣，谁对谁错真的没关系，首先认错的那一个固然很重要，但也只是证明他多爱你那么一点点；死不认错的那个并不是不爱，而是我本来就没错，干吗要认错？所以，不必太计较，你还有更多的事要做，别停留在没用的小事上。

试过失去一个人的滋味吗？很爱，可就是没有办法在一起了，那种生不如死的感觉想再试一次吗？

这个世界充斥着无处不在的诱惑，跟老婆吵完架摔门而出的时候，总有一些女子会送上门来，会主动投怀送抱，稍有不慎便会万劫不复。可能当时只是气上心头，目的只是求发泄、求安慰，哪想到后果会多么严重？

我挺佩服一类男人，他深知一个男人行差踏错的结果，所以在案发之前他总能控制住自己，完全不接受诱惑。任你长得如仙女一样，对他而言家庭最重要。他知道这世上没有不透风的墙，更知道东窗事发后的结果，所以他绝对不会以身犯险。如果这世界上有99%的男人是会偷腥的猫，那么他就是第一百个不偷腥的猫，这就是男人的责任心。

他深知母亲的辛苦、老婆的不易，所以在力所能及的范围内总会做一些家务事来减轻家庭中妇女的负担。上班8个小时很辛苦，他总会在工作时间内完成任务，然后抽出两三个小时来完成自己想做的事。除了吃喝拉撒之外的时间，他总能抽空去陪孩子玩游戏、陪老婆追电视剧，最后8个小时才是休息的时间。一天24个小时，他一分钟都没浪费。

时间管理很重要，对于周末那些无聊的饭局他总是会推辞，渐渐地朋友越来越少，他说，酒肉朋友，不要也罢。真正的朋友应该是拿起电话连客套话都不用说就直奔主题的。

每周都有家庭日，家庭日就定在周日。平时他要上班、老婆要工作、孩子要上学，只有周日大家才都有空，所以周日那天是一周的闪光点。他会预先询问老婆孩子这个周日想去哪儿玩，找好路线、准备好餐厅，组织全家一起活动，开始享受不可多得的家庭日。

他事业成功，是因为管理时间上有一套；他雷厉风行，是因为他只做决定。他会想很多，包括结果，想到的事总会用行动去落实，要不然想那些干什么？

他说："每一件事都有风险，包括婚姻，但不能因为有风险而不去做。做任何事都像小马过河一样，不去试试，怎么知道自己行不行？"

每一个男人都不是专业的老公或爸爸，他们有很多身份：父母的儿子、老婆的老公、孩子的爸爸、公司同事的同事、朋友的死党……可是最后，他还是一个男人，饿了会喊、摔倒会痛、伤心了会难过、失败了想躲起来……

1

在这个世界上充斥着无处不在的诱惑，你越出色，喜欢你的人就越多。或许在某次摔门而出的时候，不慎在朋友圈泄露了不爽的心情，那些喜欢你的人就来了。

她们的台词一般是这样的：

怎么了？跟老婆吵架了吗？

别难过啦，不是还有我吗？

有空吗？出来喝两杯？

好啦，你老婆不理解你，我还不明白你吗？

多喝两杯之后便开始放肆了，问你："我漂亮还是你老婆漂亮？"

于是你开始想起家里的黄脸婆。黄脸婆照顾你的饮食起居才会变成黄脸婆，可是这重要吗？她已经是黄脸婆了。

那么就公平点，答案当然是眼前这个青春无敌、活力四射的姑娘漂亮。

一失足成千古恨，回家跪榴梿都没用。因为一次不忠、百次不用，不是没有给你机会，而是你心灵脆弱成这样，让女人怎好将下半生交付于你？不如早散早安乐，总好过看着你另投别人怀抱。

2

女人："跟老婆吵架不开心？我来陪你喝两杯好吗？"

男人："不好，我还有工作要做。"

女人："工作再忙也要吃饭的对不对？我陪你吃饭好吗？"

男人："不好，被老婆知道了事大。"

女人："她不是不懂你吗？我能理解你，你辛苦工作也是为了那个家，有什么事可以跟我说哦，我绝对保密。”

男人：“对不起，作为朋友我很感谢你在我失落的时候安慰我。作为男人，我觉得跟老婆之外的女人出去用餐会有负罪感。”

女人：“我又没跟你干吗，不就吃个饭吗？”

男人：“一开始只是吃个饭，然后喝杯咖啡，接着牵牵手、来个拥抱、接个吻，如有需要可能会开个房，最后发生不该发生的事。我是男人，我只对老婆忠诚，所以，小姐，请自重。”

女人：“那是你想的，不是都还没发生吗？”

男人：“坦白说，你要多少钱？”

女人：“怎么说钱那么俗？”

男人：“那么，你为什么要对我那么好？”

女人不图你的钱，当然是图你的人啦，一旦图你的人，家破人亡是必然的。所以，在可以控制的时候，千万不能让人有机可乘。聪明的男人都知道该怎么做，拒绝是唯一的办法。

职场上一山不能容二虎，情场上一山也不能容二虎，这是大自然生存的规律。

当真相一步步逼近，男人明白是怎么一回事，女人当然也能明白。

男人直白，女人反而羞愧了。女人能坦白交代自己的企图吗？当然不能。一旦坦白，就立刻连朋友都没的做了，聪明的女人都不会轻易戳穿那张友谊的白纸。

男人谨记：如果工作需要，那么见面吃饭都没问题，一旦牵涉私人感情，最好还是远离吧。

有什么事是不能用电话等聊天工具完成的呢？大家的时间都那么宝贵，为什么会觉得自己与众不同，男人一定会抽空出来见你？

女人，倒贴上去的会被视为贬值，矜持是要有的。对象也要有，但也要看那个对象是否值得你心甘情愿地付出一生。感情的事，有眷勿谈是首要条件。谁都有一颗“争夺第一”的心，去抢夺原本属于别人的东西，就算被你抢到了又怎样？你能保证日后他不会被别人抢走吗？

有抢别人男人的工夫，怎么不好好看看身边是否有单身又对自己好的男生？有本事的女人从来不屑移船就磡。所以，你怎么能有事没事给别人的老公发一些“早上好”“中午吃什么”之类的信息呢？

我见过最有诚意的男人便是彭羚的老公，他在追彭羚的时候，每次他做电台节目，就全程播放彭羚的歌。所以那些有事没事就主动找男人聊天的女人，你们都怎么想的？把身段放得那么低，是天生就那么热情吗？

男人，不是因为你的女人多了不起才让你脸上有光，而是因为她是你的女人，你为她所做的事才显得更有意义。

有些友谊只对人不对事，是死党；有些爱情因为她是你的，所以才会无条件支持。

有些男人往往像头牛一样固执地坚持己见，是愚蠢、是封闭、是情商低。对自己的老婆实事求是本来无可厚非，平时要挑毛病总能挑出一大堆，但如果爱，根本就没有毛病好吧！因为你会接受她的所有，包括优点与缺点。有些男人可能爱，但绝对是爱得不够。

你爱你的老婆吗？你老婆所做的一切你都会支持吗？

最后，愿有人待你如初、疼你入骨，从此深情不被辜负。

敬你一杯酒，愿你有诗、有梦、有坦荡荡的远方以及有不再摇摆的人生！

我干杯，你随意。

香烟与酒，足以慰藉人生

女人与烟酒应该绝缘，才堪称好女人。可是如今社会压力大，感情不顺，女人也需要发泄。怎么发泄？难不成去找人打一架吗？

爱情是极为奢华的一件事，在生活边缘挣扎的人是没法体会到的，只有酒足饭饱，才能对“爱情”两个字有深刻体会。

爱一个人，是扛不住思念的折磨的，无论拥有多么丰厚的物质，都无法填补心灵的空缺。

1

琦雯是一个为爱而生的女子，似乎离开爱情就会像鱼离开水一样死去。她总是在一个又一个男人身上寻找那少得可怜的安全感。

凌晨五点，我的闹钟还没响，她的电话已经打过来了：“猜，我在哪里？”

我侧耳细听，没有海浪声，没有车声，没有风声，只有人来人往的细碎声音，我问：“机场？”

她轻笑一声，说：“我刚从一个男人身边逃了出来，我把他的银行卡余额、支付宝余额全转走了，他现在除了手机，什么都没有了。”

我仿佛能看见她撩了撩迷人的长发，我问：“你不担心他报警把你抓了？”

“他说他爱我，可以为我做任何事。我不要他为我做什么，我只想知道在他心中，我重要还是他的钱重要。”

我叹了一口气：“两个不同性质的东西，根本不能比，快去还给他吧。”

她倔强地说：“不。”

“那你打算怎么办？”

“去一个陌生的地方，重新开始吧。”

“你为什么要这么做？”

“欢欢，他不爱我。”

好一句陈述句！我本来还有很多台词，比如劝她：回去吧，一个女人，去哪里都一样，只要他对你好就行。可是我知道，两个人之间的事，当事人最有发言权。我静静地听她说下去：“我听见他跟朋友打电话，说我是傻女人，不远千里来到他这里，什么都不求，只想跟他在一起。他语气中的得意扬扬我这辈子都忘不了。”说完，她像婴儿般哭了起来。

我再也没了睡意，披衣而起：“你在哪个机场，我去接你。”

她哭着说：“不用了，飞机马上就要起飞，我们……就这样吧。”

婆妈本来不是我的本性，可我还是很担心她。我问：“可是这样下去也不是办法，你要去哪儿？那边有朋友吗？”

“有。打电话给你，只是想告个别。别担心，我会活得好好的。”

我默念：但愿如此。

琦雯是一名时装设计师，她的作品大多明朗而干脆，衣服的图案大多采用三角图形。她说：“世界就是这么有棱角，不用这些几何图形都表达不出来。”

奇怪的是，这些几何图形被很多大明星穿在身上，毫无违和感。

渐渐地，她在圈子里出了名，然后与一名建筑师相恋。她在手腕上用刀子划下去的时候，那名建筑师正与他的徒弟睡在一起。

她被救了回来，手上的伤愈合了，可是心里的创伤一直都在，她从来没有想过愈合。

她就任由心里那个创伤像野草一样长着，不时撩动，然后痛哭一场。她说：“也就只有这么一次，能让我哭得如此痛快淋漓。”

我说：“天下何处无芳草。”

她凄然一笑：“可我就是放不下。”

我问："你曾试过放下吗？"

她沉吟不语。有一天，她喝得酩酊大醉，打电话给我。我赶到事发现场的时候，她已经醉得不省人事，嘴里仍然呢喃着那个人的名字。我才知道，她爱那个人爱得有多深。

或许我们一开始都是不经意地闯进对方的生活，本也没打算一生一世，可是背叛中止了我们在一起的愿望，不得不分道扬镳，这才发现自己已经深深爱上了对方，我们可以败给时间、败给未来，却不想输在一场没有预兆的出轨与背叛里。我们以为的一生一世，就用这么可笑的方式收场了。

喝醉了，你才会知道你爱的是谁。

生病了，你才会知道谁最爱你。

自从那次喝醉了以后，她便开始伪装起来，她用香烟与酒做面具，涂着仿佛滴着血的红唇，演绎一场属于她自己的人生。她在男人中来来往往，寻找属于她的真爱，寻找那几乎不存在的安全感。把那少得可怜的安全感寄托在别人身上，注定是一场悲剧。

或许一开始她就错了，错在毫不保留地将感情尽放。

当你很爱一个男人却对他没有把握的时候，最好不要轻易让对方知道你爱他。就算是灰姑娘也一定要揣着一颗公主心，高傲得像孔雀行走在冷漠的城市中，除了你自己，没有人知道你的渴望。这是在保存自己，谨防最后一道防线，于你、于别人都没坏处。

明知道他不爱你，你却厚颜无耻地纠缠不休，你的爱便是犯贱了。

2

多年后我在一场婚宴中偶遇那个辜负了琦雯的男人，他体贴地替新娘开车门、打伞，充当伴郎的他显得特别英俊伟岸。我问：“明明是一个好男人，为什么偏偏要做负心汉？”

他说：“当我开始觉得力不从心的时候，我就已经对不起她了。”

我质疑：“她并不是物质女子，如果她要钱，她不会选择你。”

“或许吧。”

有人说，越接近幸福，越不敢确认那就是幸福。我认为他就是这种状态：他不敢确定琦雯对他的爱，这些不自信完全来自他的自卑。他可能在想：一个这么优秀的女人，凭什么喜欢我？

我柔声道：“她要的是爱，一个男人全部的爱。”

“我给不了她。我发现我无法全心全意地对一个女人好，那样我会迷失自己，使我无法专心工作，甚至无法正常生活。”

那一刻，我忽然觉得琦雯离开他是对的。他不了解女人，这一点足以让任何女人判他死刑。

回家后我第一件事就是发信息给琦雯。我说：那个男人不值得你为他保留哪怕一丁点儿位置，他不懂什么叫爱，无法一心一意地对你好，因为他有太多事要做。我不想说他太多不是，而他甚至已经忘了你。所以，你所做的一切，在他看来是幼稚的，你为了他而选择堕落是不值得原谅的，这么做反而错过了太多对你真心的人。回来吧，我等着你。

凌晨两点十分，她回复我的信息：可是我已经回不去了，我辜负了太多人，包括你对我的爱，早已没了回头路。谢谢你的好意，我想我已经知道该怎么做了。

我嫌打字太慢，干脆打电话给她，她没接。她给我发来一张图片，图片上的她长发及腰，浓妆艳抹，穿着亮片蓝色连衣裙、妖艳的高跟鞋，涂着鲜红指甲油的雪白手指夹着香烟。她就那么轻吐一口气，烟雾弥漫，带着说不出的香艳。如果在路上碰见，估计我都认不出来是她。

她快速回了一行字：在酒吧，太吵，不方便听电话。

我只好回她：那你小心点，别喝太多。

放下电话，我才发现自己有太多放不下，就好像琦雯对记忆中的他一样。其实他早已变了，琦雯却一直停留在自己对他最初的印象中。

之后，我再也没有为任何人过分操过心。每个人都有自己不为人知的一面，她愿意说，我愿意听，适当的时候给点建议。每个问题在对方问出来之前其实早已有了答案，我们说出来的建议只不过是肯定他的答案，或者让他更慎重地思考一次罢了。

如果香烟与酒足以慰藉人生，为什么不呢？

你若安好，我备胎到老

璇璇喜欢他的时候是第一次来例假，那天她根本不知道自己来例假了，一路飙红的时候她面对着一个很尴尬的问题——她的裤子脏了。

张沁泉借给她一件外套，让她绑在自己腰间。

从此，璇璇与张沁泉结下了不解之缘，但他们除了正常学习之外，并没有其他话题。

放学了，璇璇走在前面，他默默跟在后面。有时是张沁泉走在前面，璇璇走在后面。他们一前一后、不快不慢地走着，像在完成最后一道习题一样，心满意足。

他们能感受到彼此的目光，就是没有语言交流。有时璇璇能感受到张沁泉从人群中搜索她，当她回头的时候能看见他慌乱的眼神正看向别处。她微笑不语，心却泛起了涟漪，这种感觉像是吃了蜂蜜一样，甜在心里。

可是一年过去了，两人谁都没有前进一步。他是喜欢她的，她也是喜欢他的，最能证明的一点是每次排队放学，如果她要搞卫生，他总是抬头朝阳台搜索她的影子。而她也似乎知道他会找自己一样，总是准时出现在阳台上。两人相视一笑之后，她安心扫她的地，他安心排他的队，反之亦然。明明是喜欢的，就是满足于彼此相视一笑，再也没有下文。

表白这种事，不是应该男生主动的吗？璇璇心想。

然而，并没有。

直到小学毕业、中学毕业，他们的感情也仅仅停留在在空气中互相对望的阶段。她曾想过，总得有人踏出那一步，于是勇敢地想到写信给他。信写好了，可是怎么送出去呢？

让同学送？不，多一个人知道就多一分危险。如果这件事被别人知道了，指不定会演变成什么样，不行。

自己送？那太冒险了。如果对方没有这个意思，那自己就是自作多情——虽然不管谁送，他如果没那意思，她都是自作多情，可是亲自将自己送上门找死这种事，她是打死都不敢做的。

她想到了一个两全其美的方法。

放学后，她去他家找他："张同学，我的语文书忘带了，你能借我看一下吗？"张同学很爽快，从屋里拿出语文书给她："拿去吧，明天周末，晚点还我也可以的。”

“谢谢啊。”拿到书的璇璇一溜烟儿跑了。

还书的时候，璇璇把早已准备好的信夹在了书中。然而，张沁泉不在家，她把书交给了他妹妹。可惜，这个妹妹也是聪明人，早就看出两人平时眼神不对，这回真被她抓到把柄了。她翻出那封信，没有交给她哥，而是交给了她妈。

张沁泉无端招来一顿打，因为，初中谈恋爱是被禁止的。

本以为这件事就此告一段落，打也打了、骂也骂了，难道还能不让他上学？

然而也不知道是谁传出去的，说璇璇春心动了，喜欢张沁泉，写信给张沁泉，这件事传得满校园都知道。从此，璇璇见到张沁泉掉头就走，可是又忍不住悄悄回头看张沁泉有没有注意她。

就这样熬过了初中三年，到了高中，他们分班了，终于展开了新局面。至少他们碰见的时候可以聊上几句，也避开了张沁泉的妹妹。璇璇以为，这样他们就可以光明正大地在一起了。

事实证明，她想多了。

来到一个陌生的环境，新加入了不少新同学，璇璇能保证自己一心一意，张沁泉却没有抵抗力。面对不少漂亮女生，他的目光不再只停留在璇璇身上。

发现这个事实的璇璇并没有多伤心难过，她只是不明白：她喜欢的人怎么可以这么肤浅，只爱女人的表皮？

然后她也就此作罢了，没有再进一步。连表白都不成功，她再喜欢她，也只能远远地看着。

这时璇璇家出了事，被逼休学半年，半年后回来，一切已物是人非，张沁泉已经跟她的好朋友玲在一起了。她苦笑，论学业，她甩玲几条街；论姿色，玲更是她的手下败将。然而，你以为张沁泉爱的是美女，他却用行动告诉她，他爱的女人不一定很美，学习成绩不一定要多好，只要有伶牙俐齿，就足以跟他在一起。

以前没有听说过防火、防盗、防闺密，但璇璇很快接受了这个事实。

如今想起来，幸亏那时她没有全心全意去谈恋爱，要不然哪有日后的大律师璇璇？

就如后来，张沁泉也没能跟玲走到最后。

璇璇以为自己的机会来了，她跟张沁泉开始正式约会，手也牵了、搂也搂了、嘴也亲了，张沁泉来了一句："如果怀孕，我是不管的哦！"

一秒呆愣后，璇璇扬起手给了他一巴掌："以前觉得你只是自私，现在你真是无耻到极点了。"扬长而去的那一刻，璇璇觉得自己帅呆了。

什么是真爱？

后来她才明白，爱就爱了，管不了对与错，有能力把错爱纠正的人才真正强大——嗯，特佩服这一类人。在一起就预备好了要吃苦，选择了就不后悔，这就是爱——当然，这应该发生在相爱的情况下。只是，谁没有个年少轻狂，爱错与遇人不淑是发生在同一时期的。

所谓真爱，不过是他夹菜的时候会想：这红烧肉那丫头爱吃。

你逛街的时候看见一条皮带，会想起他的皮带都磨出边了，该换了。

这辈子要找到一个对的人很难，可是找到趣味相投、性格相近、在某方面又互补的人一点都不难。难就难在祸福同享、荣辱与共，无论贫困疾苦都不离不弃，这才是真爱。

璇璇原谅了自己那执着可笑的爱，她本以为自己有一颗为爱牺牲的心，最后她才发现，不是你死心塌地地爱了就能成就一段传奇的，她始终做不到你若安好，我备胎到老。

因为，不值！

我不帅，也不温柔

阿富是个富二代，除了钱，真的什么都没有了：人不帅，也不温柔，不知道那颗藏在底下的善良的心算不算优点。

那时我还是个黄毛丫头，凡事爱出风头，什么都要争第一——学校作文比赛第一，元旦歌唱比赛第一。

那时我体弱多病，所以特别得到体育老师的眷顾，明明可以跑几百米的，我硬是在旁边做起啦啦队员，给班上的同学喊加油。阿富那时就说我特别让人讨厌，穿着一身花裙子，清爽地站在跑道边看着他们大汗淋漓地奔跑，这种强烈的对比，他一辈子都忘不了。

体育课不上就不说了，我还隔三岔五地生病，病起来的时候整个课室都能听见我的咳嗽声。阿富就去跟老师说让我回家休息，他负责把作业带回来给我做。我那时特别感谢他，因为不用去上课，我就可以在家里睡大觉，反正放学后他会拿作业过来给我做，还会教我怎么做，那种感觉特别好。更别提他偶尔还会买点我爱吃的零食什么的到我家看望生病的我了。

就算是经常生病，我仍然能在考试的时候考到好成绩，这功劳有一半是属于阿富的。

我第一次去酒吧是阿富带我去的，我当时吓得不行，觉得就算我爱出风头，也不能去酒吧那种地方啊，如果被父母知道，会被打断腿的吧？但当我跟他喝了第一杯酒之后，又觉得明天的事谁知道呢？今朝有酒今朝醉。不用怀疑，这酒成了日后陪伴我的必需品，直到现在，我每次写稿前都习惯在电脑桌旁放一杯酒。

不用上学的时候我跟他就经常泡在酒吧里。那时我没钱，他就一下子买一打酒，约上几个同学，喝不完就存在酒吧，第二天再去喝。他的背包里永远有现金，衣服穿不了几次就送人，背包基本一个月一个，球鞋基本每天不同。我感觉跟着他走在路上，所有同学都对我羡慕嫉妒恨。那时我常常幻想有个陈浩南一样的男子抱着我从旺角跑到尖沙咀，当然，阿富颜值不够，就算了。

可是他有钱啊，具体有多少钱我真不知道，反正我知道他总能带我们去高级餐厅包房吃好吃的，然后顺道KTV、消夜，第二天还可以接着玩。值得一提的是，有一次我过生日，他问我想要怎样的礼物，我就跟他开玩笑说：生日没钻石怎么行？他大少爷就真的拿了条钻石项链给我。我发誓，我说要钻石的时候真的只是随口说说的。

搞到后来同学们都以为阿富在追我，还起哄说一个才女、一个“财”子，刚好是一对。

直到他的初恋——一个插班生出现，莫名其妙地做了我们班的班花。他们在一起的时候，阿富就没时间招呼我了。我这才明白，无论一个男生之前对你多好，当另一个女生出现的时候，之前对你所有的好都会变成幻觉。

那时都已经高三了，我也没时间搭理他。高考成绩下来那天，我去找他。我想，像他这么有钱的人，肯定是靠家里的钱去读最好的大学。但他告诉我，他考了跟我同一所学校。我又花痴地想：难道他还是觉得我最好？后来我才知道，班花也跟我考了同一所学校，他是跟着班花去的，我忍不住暗暗地吐了一口老血。

大学毕业后我去了北京，他在上海。三年前他跟班花分手了，一直单着。

那年，所有人都在等世界末日，我给他发了一条信息：在世界末日之前，我们见上一面吧。

他回：什么鬼话你也信！给我好好工作，还想着你回来我带你去大吃一顿呢。

结果我没去见他，他倒来见我了。在北京呼呼的寒风中，我见到了英伟的他。他伸出大手：“走，带你去吃北京烤鸭。”

我跟着他走了大半个小时，来到一处人气挺旺的店里。烤鸭上来后，我愉快地吃着烤鸭，他问："你怎么那么矬，做起编辑来了？"

听他这么损我，我鼻子一酸："你也知道，我读书的时候武不行，只能靠文了，难不成还要靠男人啊？"说完我才发现自己语气也酸酸的，连忙低头啃鸭子。

他假装没听见，转移话题："北京的房价挺高的吧？"

"高。"我闷声说。

"我在北三环看中了一套房，已经交了定金，你搬过来吧。"

我脑海里自动切换成那种一室一厅，于是想都没想，脱口而出："男女授受不亲啊。"

"你挤在那种中介房里，一个屋住五六家人，就亲了？"原来他早就知道北京是什么环境——对，我就租住在那种隔板群租房里，隔壁放个屁都能听得很清楚的那种。我整天被那种"爱爱声"什么的吵醒，为了邻里和谐，还要假装听不见。我还试过一次塞在耳朵里的棉花拿不出来，只好第二天去看医生。下班回来后厕所里永远有人，浴室要等，就连想煮个面，厨房都挤不进去人。没北漂过的人说了也不明白，北漂过的人说起来都是泪啊。

于是我听了他的话，搬到了他的新屋去。一进门，我被屋内的豪华吓坏了：水晶吊灯、花岗岩地板、家庭影院、纯白沙发、鹅黄色的墙体……

我呸他一脸："你不会是喜欢我吧？"

他耸耸肩："你喜欢的刚好是我喜欢的而已。"

我放下了心。跟他住在一起最高兴的是生活上了档次，出入有车接送，就像被包养的小蜜一样滋润。最爽的是他还会在国外买一些化妆品、护肤品回来，然后就托我送给那谁谁谁。一般我都没送出去，就这样用着他的化妆品、住着他的房子、坐着他的车去上班，那种爽歪歪的感觉就好像住在父母家里一样。

好景不长，阿富总要谈恋爱的不是？就算他不追别人，倒贴上来的也有一大堆。先别说那些臭不要脸又不自量力的女同胞了，光是他的哥们儿看他每次出门都带着我，而我又不是他的女朋友的时候那一脸同情，我就想冲上去撕碎对方的脸。所以他们在某次聚会时密谋把阿富灌醉，然后把那个女性朋友送给他当是撮合他们，这事不小心被我知道后，我先是灌醉了自己，然后狂吐，最后搂着阿富狂亲，这种撒酒疯的桥段我还是从电影上看来的。

果然，剧情毫无悬念，阿富以送我回家为名，把他们都甩了。

我知道他们肯定更恨我了。当阿富在浴缸里放了热水，我歪倒在浴缸里的时候，我忍不住问："为什么要对我这么好啊？"

他说："来北京之前，伯父伯母曾托我照顾你，我对他们的话一直言听计从的。"

"我知道。"我假装不经意，可是热水的蒸汽还是蒸红了我的脸。

"那年，其实我是早就知道了你报考的学校，才跟着一起去的。”

“可是你有校花啊。”

“她只喜欢我的钱，跟你是不一样的。”

我伸出手去想摸他的脸，在热气朦胧中，我看见他哭了：“我以为找到了自己的真爱，直到那天她跟朋友说我丑说我不懂什么叫爱情，我才知道她根本不爱我。”

他哭得像个孩子，我慌乱起来：“那有什么，你不是还有我吗？”

他抬起头，用力抹自己的脸，仿佛只有这样眼泪才不会往下掉：“是啊，我还有你啊。”

“可是，我们是不是说好了要做一辈子兄弟的？”

他惊愕：“什么时候说的？我怎么一点印象都没有？”

“你当然没印象，说出去的话，就入了别人的耳，我记住了。”

他走上前，一把将我从水中捞起来。我脚一滑，跌进他怀里，他随即俯身向前：“有没有人说过，你全身湿透的样子特别性感？”

我呆呆地回答：“没有。”

“趁我还控制得住，你是自己解决还是我帮你？”

“那个，不敢劳烦你啊！”

“我就见不得你既想又害怕的样子。”说完他朝我的唇上轻啄一下，然后大步离去，“快洗好出来，我煮个面给你吃。”

我这才想起，这句对白好像在哪里听过。

我们依然没有对外宣称已经在一起了，可是他事事照顾我，没事喜欢下厨煮我喜欢吃的东西。有一次我嚷嚷说想吃冰激凌，他还真的去网上找资料回来学着做。吃着他做的甜品，我觉得甜到心里去了。

他说：“我不帅，也不温柔，不懂得什么叫爱情。”

我笑着靠在他的肩膀上：“我知道。”

世界很大，有个人在身边才不会孤单。

他可以不帅，可以不温柔，可是他心里有你啊。他在陪着你的时候便没有时间去陪别人了。

后来我问他：“你除了钱，还有什么？”

他想都不想就回答：“还有你啊。”

我是幸福的，每次我需要他的时候他都在我身边。很多人在困难的时候翻遍了电话本、找遍了朋友圈都找不到一个可以帮自己的人。后来的后来我才明白，感情的事从来就是以最舒服的方式存在着，你需要一个拥抱，他就上前了；你生病了，他陪着你；你想什么，他给予什么。

什么是爱情？或许就是他口袋里只剩下两块钱，你想要四块，他会把两块钱放在你手里，然后跟你说：“还欠你两块。”

如果可以重来，我不会选择你

某头条：G女士谈W先生，如果重新再选一次，还会选他。

最近W先生手撕前妻的事被炒得沸沸扬扬，因为Z女士在情人节的时候晒了一张W先生与前妻的女儿的合照。

很长对不对，我当时也觉得怎么读都不顺。然而，战火就这么打开了。

其实我很Low，比如：如果不是Z女士，我真的不认识W先生，更没有听过他的歌。今天总算有点时间，我静静地去听了下他的歌，可是除了《春天里》，我还真没听过他别的什么歌。我又矫情了，对不对？

比如他还唱过《你走你的路》，虽然这条路跟我心中那条路不一样，但人家就是那么厉害，歌曲同名，不行啊？

说了这么多，我必须说明一点：我不是W先生派来的，我对他一无所知，所以不能随便评价他。直到我翻了翻他的微博，不得不承认，他终于靠Z女士上头条了。

看到评论里那么多讽刺，而被顶上去的全是水军，我才发现，他的“军队”也挺强大的。

众所周知，上头条并不那么容易，如果谁都能上，也不会这么久都看不见我了。“甲之蜜糖，乙之砒霜”“己所不欲，勿施于人”，这时，中国文字的博大精深才能显现出来。

俗话说“好事不出门，坏事传千里”，我不得不佩服Z女士晒幸福的同时，也是真的不知道她为什么要这么晒。心理学家曾经说过：幸福的人不屑去晒，只有内心不安的人才会主动告诉别人她过得很幸福。

很明显，Z女士是后者。没人会关心她到底过得幸不幸福，她自己却晒出来了，还拉W先生与G姑娘的孩子一起晒，这心机真不是一般人能办到的。就如彼此都在同一个办公室，后母带着孩子上班，当着生母的面给她换了一件新买的衣服，得到同事一片喝彩的同时却让生母难堪，也难怪生母会不爽。

G姑娘机关枪一样炮轰W先生的时候，有人劝她：有这时间，不如好好做自己的事，干吗搭上自己大好的人生啊，不值得！也有人猜疑，难道她拿到的分手费太少？

恨一个人如同爱一个人一样，所有的感觉都会随着时间的流逝而淡化，直至最后消失不见。如此死咬不放的前任还真少见。直到有一天，大家看到一条新闻，才如梦初醒——G姑娘谈W先生：如果重新再选一次，还会选他。

我这才明白：G姑娘对W先生的执念，全是因为爱啊！

她就像一个任性的孩子，为了博得大人的关注，一直在那里骚动、折腾。谁知越是这样，越让大人生厌。她却不知道为什么大人会讨厌她，她想得到大人的爱，却不懂得投其所好。如果她乖巧懂事，W先生对她或许尚有一丝怜悯，可如今，W先生恐怕对她除了讨厌就是恨了。一个不懂得讨好别人的人，注定是失败的。

她不是一个好妈妈，亲手将孩子推到了别人怀里，还咄咄逼人、理直气壮歪曲别人对她孩子的好。

孩子的世界很简单，谁对她好，她就对谁好。每个人心中都有一杆秤，衡量着得失。这杆秤在孩子心中尤为明显，如果开心，就会真的笑；如果难过，也会瞬间落泪。

这么多年来，G姑娘来来回回地发微博、删微博，W先生却一直容忍着她，因为她还没踩到他的底线。如今，真的把他惹怒了，他开始手撕前妻：

1.我尊重你，我不想伤到孩子。没撕破脸一直保持沉默。

2.你应该为自己对孩子的付出、关心之少而感到羞愧。

3.你骂我，我忍了；但你骂我老婆，她是无辜的，是她给了小苹果无私的母爱。

4.我这番话不是攻击你，不是要伤害你！站起来吧，做个有尊严的人！

就算W先生有错，也已经跟你没有一毛钱关系了；就算你还爱着这个男人，如今他身边已经有了另一个女人，难不成你还觉得自己可以反过来当小三？别人有筹码拿在手上，才跟前夫有瓜葛，如今你连孩子这张牌都没拿到，凭什么这样永无止休地去骚扰别人？

别人的家事，只有他们自己最清楚，被消费的永远是无辜的。婚姻就像鞋子，舒不舒服，只有穿鞋的人自己知道。

看得出，W先生对每段情都是认真的，从写情书到写情歌，他把感觉都写出来了，看似不经意地秀恩爱，可能恰恰是因为来自心底的不肯定。或许他应该花更多的时间在歌曲里，继续把高冷保持下去。有那时间去撕前任，干点什么不好啊？

女人的战争，男人真的不要掺和，一旦掺和，会更加没完没了。

有着同样经历的苏小媚与前夫分开后，迅速组织了自己的朋友圈，该吃吃、该喝喝，然后一起去三亚晒晒太阳，哪有时间纠结过去？有人跟她提起前夫的事，她只是笑笑：“我跟这个人已经没有一丁点关系。所以，你可以不用在我面前提起他了。”

看看，这才叫与过去告别！只有跟以前的自己说再见，才会看见一个全新的自己。一味纠结过去，就是跟自己过不去啊姑娘！

最后，爱他就给他生个女儿吧，祝你们幸福！

耍流氓的不要

这世上，并不只是男人才会耍流氓，女人也会，耍得好的还能名留千古，比如白娘子下雨留许仙、祝英台女扮男装追梁山伯等；耍得不好的就被打入冷宫，永世不得超生，比如《甄嬛传》里的安陵容，一开始皇上还挺喜欢她的小聪明的，后来她就暴露出她本来的面目了。站错队伍固然是她做得最错的一件事，但她不应该用麝香去害人，最后反而害了自己。

一开始遇到他，他说："钱够花吗？不够记得找我拿。"女人不都是用耳朵谈恋爱的吗？反正我自己可以养活自己，真爱一个人怎敢俗气地去跟男朋友谈钱呢？于是一开始的时候我没开口。

混熟了后我开始若有所指地说最近看到一件大衣很好看，就是价格太贵了。他问多少钱，然后二话不说，给了多一倍的钱到我手里。或许我在潜意识里还是需要这种俗套的相爱方式的，就把钱收下，第二天屁颠屁颠地去买了那件衣服。

这招使多了也不好，于是他开始跟我算账：“以后房租我来付吧！”

这样一来，我似乎再也没有借口跟他说要这要那这种事了。他很聪明，拐着弯让我闭了口。那时的房租要一千元左右，这样一来，我倒还是有一千元剩余可以由自己支配。

可是之前说好的没钱就找他要呢？如果真的有一天我没钱了，他是不是真的会伸出援手？

有一天我跟他说：“我爸因病住院了，需要一大笔医药费。”我知道他有钱，不久前他才换了最新款苹果手机，年前还给他自己买了块好几千元的表。当然，他的钱怎么花是他的事，给不给我花也是他的事。最后我说，当是我借他的也行。

他说，公司的钱还没收回来，家里的房子要装修需要一大笔钱。之前因为接了很多单子、工程要做，把钱都垫付出去了。

既然他都说成这样了，我还能怎样？难道我说房子装修的事能不能缓缓？我也真的这么说了，因为他是我最亲的人，我不跟他说，跟谁说？

或许我跟我的姐妹去说，她们也帮得上忙，可她们有多少钱我是知道的，都是人在江湖、身不由己的人，都在水深火热中熬着，正盼着我上岸了好拉她们一把，我怎么好意思跟她们开口？所以，我跟另一个亦兄亦友的男人说了。

没想到那个男人听完只说了两个字：多少？

我没想到自己运气那么好，于是跟他说了个数字：五万。

五万元，放在如今也是一个不小的数字，更何况是三年前？他说："你把银行卡号给我，记得把开户行与户名都给我，我下班后给你打过去。"

或许救你一命的不会是亲友，而是那个你以为永远不可能的人。

记得那时我跟他说了一句："小女子无以为报……"

他接下去："所以你也没打算以身相许，对吗？"

我否定："不，正打算以身相许，只要公子不嫌弃。"

他沉默了。我有男朋友，他是知道的；我家境贫穷，他是知道的；我学历不高、没有一份体面的工作，他是知道的；我颜值不高、身材也不好，他也是知道的。那一刻，他帮我，也没想过让我回报什么，他只是说："傻丫头。"

好一句"傻丫头"，在金钱面前我看清了谁对我是真心，谁又是虚情假意。我问："你有女朋友吗？"

他回答："没有。"

我笑了笑："那么，现在你有了。"

或许在那个男人跟我说了一大堆借口的时候，我已经从心里拉黑了他。一个言而无信的男人，我还能指望他干什么？

所有的爱都得用时间与金钱去证明，时间会让人看清一切，也会证明一切。它是一个善良的解说者，解说着所有人的言不由衷以及真心实意。

父亲的那场病让我看清了身边人的真面目，我大婚那天，前男友问：“为什么有这个决定？”

我回答：“因为他借给我五万元，我决定用一辈子来还。”

有人说过，一切不以结婚为目的的恋爱都是耍流氓。我发誓，每一次我都是冲着结婚去谈恋爱的，可是对方让我心寒、让我死心。我总不能随随便便地将自己嫁出去，拉扯着、忍耐着、憋屈着过一生吧？

自作孽，不可活

董华是跟我一起从小玩到大的朋友，他一向自命不凡，总是觉得自己天下无敌、帅气过人。

如果说帅气，他年轻的时候还算可以，现在他都已经年过三十，连啤酒肚都出来了，再怎么帅气，也已是人近中年、身体发福的大叔。

在我们眼里，他还真是挺幸福的，娶了个能言善辩、勤俭持家的美丽贤妻，婚后妻子生了个大胖小子，一家人住在一套大房子里，休息日就是家庭日，他会带着老婆孩子出去游玩，羡慕死我们这些单身的。

直到有一天，他深夜打电话问我借钱，我才知道事情变得复杂了。

不久前我曾听说他在外面找了个女人，在没有被证实之前，我觉得那都只是捕风捉影。但世上没有不透风的墙，无风不起浪，我曾经于某天某地碰见他开车出去，副驾驶座上坐着一个女子。车速太快，我看不清那女子长什么样子，但凭直觉，那应该是一个年轻漂亮的女孩。

直到他财政出现问题，我都以为这些是狗血电视剧里才有的剧情。

电话里，他一改意气风发之态，低声下气地问我借两万元，就两万，渡过难关马上还我。

我问他："你拿什么还？"

我知道他厚着脸皮打给我，已经是走投无路了。果然，他在电话里沉默了几秒钟，突然嘤嘤地哭了起来。他断断续续地将事情的来龙去脉跟我一一道来。

我简直不敢相信，一直在外人眼里恩爱如斯的夫妻居然已经分居半年，孩子让爷爷奶奶带，他半年前在欢场认识了一名女子，该女子卸了妆没有她老婆一半美，除了身材惹火点，各方面都不如他老婆。可他就像是着了魔一样，总是忍不住约那女孩吃饭、唱K，一直到消夜，再送她回家，然后做些儿童不宜的事。

就这么一来二往，那女孩享受着物质诱惑，因为跟董华出去的时候总会吃到好吃的、买到喜欢的，并且出入高级会所，有种当公主的感觉。

谁不想不劳而获？谁不想当公主？关键是她根本不是公主，却在痴心妄想。既然这样，谁都不想关系就此中止吧？

董华说，新鲜感一过，他就没那种刺激的感觉了。他并不是一个长情的人，可也不是一个狠心的人，他可以做到不主动去找她，可是她找他的时候，他的脚总是不听使唤地就去见她了。

激情退去，剩下感情，他也不知道自己是不是爱她，但她就是那么不离不弃地跟着他，他觉得自己亏欠了她。因为他根本没有想过要离婚娶她，她要的，他给不了，于是他尽可能地在物质上满足她。

我一听就知道那个女孩不简单。首先，她知道董华有老婆、有孩子，仍然飞蛾扑火，图的是什么？如果真想嫁给他，她怎么舍得他拼了命地为自己花钱？光凭这一点，我就看出她不爱他，至少她并没有他想象中那么爱他。也许在他面前她表现得死心塌地，没了他不行，但谁又能保证一转身，她没有拿着董华给她的钱去倒贴别的男人或跟别的男人上床，再上演同样的戏码呢？光凭女孩能让久经欢场的董华抛妻弃子，就知道她的功力有多深厚。

据我所知，董华与妻子从恋爱到结婚生子，已经有十年的感情基础，而这女子出现的时间只有短短半年不到，居然不动声色地做到让他妻离子散，可见她真不是一个简单的女子。

我隔着电话问他：“听说，她长得很美？”我是故意的，也许这样董华会欣慰一点。

他苦笑着说："比起棋棋差远了。但她能忍，她懂得为我着想，我在家的时候不会打电话给我，我知道委屈她了。"

我冷笑："忍？我要是做起小三来比她更能忍。明知道没结果的，何必死缠烂打？再说，她下贱就算了，搞男人不会去搞一些没老婆、没孩子的吗？"

董华被我批得一句话都说不出来。

我继续在气头上："她不爱你。因为爱一个人不会做到忍而不发，不会做到让自己爱的男人躺在另一个女人身边，更不会花你的钱不眨眼。她关心你吗？你没吃饭、没钱了她知道吗？"

董华终于像孩子一样哭了起来。我鄙视他："到了这个时候，哭有用吗？你放着好好的日子不过，所以你连哭的资格都没有！我真心疼棋棋，一个跟了你十年的女人，从你什么都没有到什么都有，你却做出这种对不起她的事！你还是个孩子吗？你是一个成年人，就该对自己做出的事负责任，好好想想怎么弥补过失吧。"

他喃喃地说："现在银行上门催债，我才知道自己欠了一百多万。"

我一口老血喷了出来："一百多万？"

他承认："房子不敢拿来做抵押，但车子押了，还有贷款、信用卡什么的，加起来一百多万。"

我真的很想就此挂掉他的电话，拉黑，从此就当不认识这个人。

我深呼吸一口气，问："棋棋怎么说？"

"她说把房子卖了、离婚，她什么都不要，只要求把孩子带走。"

婚外情这种东西就像长在身体里的肿瘤一样，早发现还有医治的机会，晚发现估计连命都会搭上去。

飞蛾扑火，是被火光吸引，但没有人知道飞蛾被燃烧的那一刻是否快乐，引火自焚的后果，就算不死也会落一身伤。

如果宽容点，我可以说都是寂寞惹的祸，可是我做不到那么宽容。老婆孩子热炕头，不愁吃不愁穿的，凭什么就寂寞了？他那是活得不耐烦，太平日子过久了，非要整出点事来惹人烦心。

对于董华，我只能说自作孽，不可活。我只想问一句：值得吗？

世间男子似乎永远不懂一个道理：大叔，色字头上一把刀啊！

先上床，还是先谈恋爱？

小依笑着问钟伟杰：“先上床，还是先谈恋爱？”

这句话，不用两个问号都不能表达出小依对钟伟杰的爱慕之心以及该死的好奇心。

就像所有的笑话一样，说出来的并不全是玩笑话，当中七分假、三分真才是硬道理。

小依今年二十岁，完全是一副春心萌动的少女心理，她喜欢上了比她大十岁、在社会上有一定江湖地位并且阅历丰富、事业有成的钟伟杰。可惜，她在情场上是新手上路，她这么直接坦白，反而让钟伟杰这个情场老手有点措手不及。

钟伟杰愣了半秒后说了一句话：“神经！”

小依并没有受到打击，而是依然笑着，笑得那样天真、单纯，那样没心没肺。

对于一个感情狂热又向往爱情的小女生来说，钟伟杰看似拒绝的沉默一点都没有打击到她兴致勃勃的心。她开始计划一个件让人大吃一惊的事情——要成就一段惊天动地、跨越所有界限的爱情故事。

女人的主意永远很多，并且层出不穷。她借故坐上他的车，并且肆无忌惮地指挥着他载着自己来到某山顶。一个女孩子口口声声说要来这里见网友，大叔出于道义当然会不放心，在这种深夜时分放一个女孩在山上游荡，他的良心也会责备他。他问她来这儿干什么，她居然指着一辆正剧烈震动着的车，暧昧地说道：“也许是来这样吧，我也不知道。”然后天真并且暧昧地冲着钟伟杰一笑。

钟伟杰这时已经无法用言语来形容自己的感受了，只好继续保持沉默。他担心再问下去，问题只会越来越露骨，而对方的回答也会越来越开放。

年轻人的世界就是这样，一半好奇，一半想证明自己。而现在，女孩子明显是想引起眼前这位大叔的注意。身经百战的黄金单身汉大叔钟伟杰当然明白她的意思，他认为这只不过是一般小女孩的把戏，他象征性地交代了一句：“自己小心点。”便将车子掉头，准备沿原路回去。

可惜，他仍然忍不住在车子的倒后镜中观察那个古灵精怪的女孩。他看到她在原地站着，对着他的车子期盼地张望着，似乎是依依不舍，又或者是害怕。总之钟伟杰又回来了，他也搞不清楚自己到底是于心不忍还是出于其他说不清楚的原因。而他确实将车子倒了回去，并且将她带到自己的家。深夜时分，在这个暧昧得让人喘不过气的晚上，故事并没有结束。

小依到了他的家，看到他家中是如此奢华，忍不住倒吸一口气。鬼灵精的她故意问：“要脱鞋吗？”

这绝对是一个好问题，一个单身男子家里一般没有备用拖鞋。要不要脱鞋这个问题还缠绕在他的脑海里，在他还没想好到底要不要她脱鞋的时候，小依又问：“我想上洗手间，请问洗手间在哪里？”

此刻的钟伟杰折腾了一天，早就疲惫不堪，他条件反射地回答道：“在楼上。”

这时早已脱掉鞋子的小依立刻兴奋地光着脚往楼上奔去。看着她踮着脚消失的背影，钟伟杰才想起一个十分严重的问题，他朝着空荡荡的楼梯喊：“楼下也有。”不过小伊早就跑得没了踪影。

小依的目的只有一个，她要到楼上，进入他的房间。

当然，上洗手间只是一个借口，她肯定不会只是乖乖地上个洗手间那么简单。当钟伟杰听到浴室里面传来哗哗的流水声时，他开始后悔将她带回来了。

小依洗完澡，理所当然地问：“喂，我没带衣服，可不可以借你的衣服穿？”

钟伟杰这时已经接近崩溃状态，他找出自己的一件旧T恤扔给她，无奈地道："先穿我的吧。"

小依穿好衣服，佯装很累，边打哈欠边掀开他的被子躺到他的床上："困了，我要睡了。"

"这是我的床。"钟伟杰看着她像回到自己家一样随便，早已目瞪口呆，他以为小依误会了，忍不住说了一句证明自己才是这个房间主人的废话。

小依听到了他的话，不过她并没有理会，而是冲着他咧嘴一笑，提出一个非常不合理的要求："我习惯临睡前喝一杯牛奶。"

这简直是太聪明的一种做法了，她告诉他：事情已经进展到这个地步了，你除了拿杯牛奶上来，别的都不用再谈。

钟伟杰只好妥协了，他心不甘情不愿地边下楼边十分严肃地说："你最好给我乖乖的，明天一早回家去。"

除了听命于她，他实在想不出还有什么办法。她的要求并不算太过分，而且，关键是她的笑容，一个笑得如此天真烂漫的孩子，谁会忍心拒绝？

在钟伟杰转身之后，小依做了一件事——她伸手将那件男性T恤脱了下来，顺手塞进被窝里，然后再将被子盖好，就好像什么都没发生过一样。

钟伟杰拿牛奶上来了，他将牛奶递给她，她躺在被窝里说："你喂我。"

钟伟杰的耐性已经被磨光了，他说："都这么大了，你没手吗？"

小依忸怩地说："我行动不方便。"

"怎么行动不方便了？你缺手了还是缺脚？"钟伟杰边说着边伸手去拉她的被子。被子掀开，里面躺着一个赤裸的女性躯体。他虽然见过不少女人的裸体，但这种事还是第一次见到。他惊呆了，这不符合逻辑，甚至超乎他所有的想象，眼前这个女孩只能用"特别"来形容。

她甚至在这个时候扁着嘴，十分无辜地对他说："我问过你，是先上床还是先谈恋爱，你没说先谈恋爱，那就是默认先上床喽！"

这种自以为是，有时候对男人也是一种杀伤力。当然，这得在这个男人并不讨厌你并且有一点点喜欢你的情况下才能做，不然就会被男人误会成"下贱"。还有，这个男人必须要有一点幽默感。像那种做事有规矩、有章法的男人，这种方式千万不能用，他们会觉得你跟他是两个世界的人。除非你不想跟他发展下去，否则很可能会被轻视。不过像那种古板的男人，你用了可能也只会是对牛弹琴。

不可否认，某些男人表面斯文、内心open（开放），所以她成功地抓住了他的心。不是因为她的美貌，也不是因为她的身体——其实她的身体没前没后，更是长了张娃娃脸，她的成功在于她的不按常理出牌、出奇制胜，关键就在于一个“奇”字。

故事中的小依单纯、可爱，虽然她后来做的事有点过，却十分适合那个男人的胃口。这种方式或许不适合所有女人，至少我本人就做不出来，但可以作为参考举一反三，我们可以在其他细节上学习。

男人可能不是喜欢你有多漂亮、身材有多好，他们喜欢某些惊喜，这些惊喜与女人聪慧的脑袋是密不可分的。

也许他喜欢你让他的心脏时不时地吊起来、喜欢你让他笑——你有这种本事吗?

婚姻是一种选择

村里有个叫秀清的女孩，长得不算好看，因为智商不高，二十二岁那年被父母安排嫁给了同村的大志。当时大志已经三十岁了，因为家里穷娶不到老婆，便答应了这门婚事。

本以为两人从此会过上清贫而幸福的生活，头两年大志带着秀清出去打工，两年后秀清生了个女儿，然后回到村子里带孩子，留下大志一个人在外面打工赚钱。

中国有很多家庭都是丈夫在外工作，留下妻儿在家，也有很多家庭因为夫妻分居两地，容易寂寞、容易受到外界诱惑，从而导致以离婚收场。

本以为秀清长得十分安全，应该会安分守己地在家带孩子，每日期盼自己的丈夫回家才对，可是半年后大志回到家才发现妻子已经怀孕四个月。他问妻子孩子是谁的，秀清一开始不肯说，最后大志没办法，只好向派出所报警，声称自己的妻子被强奸了。在派出所民警的介入下才发现秀清确实不是在自愿的情况下跟别人发生了关系，而那个人居然是大志的继父。

当真相浮出水面，大志决定先把妻子肚子里的孽种打掉，然后提出离婚。

秀清的父亲哭了："都是家事，人家被别人欺负了都会枪口对外，怎么到了自己头上，你却要抛妻弃子呢？"

老人不明白，好好的一个家，怎么最后一个进了监狱，一个嚷着要离婚呢？留下那个智商不足的妻子与孩子，算什么男子汉大丈夫？

一开始他就错了。他以为女儿智商不足，有人肯娶就已经很好。再者大志不赌、不喝、不抽，人品乡里人都知道，不算好也不算坏，除了穷一点，也是值得女儿托付终身的。

老人忘了，正因为大志穷、自卑，他才会觉得自己娶了一个智商不足的女人是耻辱，可是男人总要结一次婚、生几个孩子才算完整，于是谁也别嫌弃谁，各取所需、心甘情愿。

可是大志所谓的心甘情愿是将就，如果是太平日子还好，偏偏出了状况，大志不爱这个女人，这是肯定的，于是就有了离婚这一说。

在别人眼里，大志是抛妻弃子；在大志的世界里，是自己的妻子与继父乱伦一事让他再也没有勇气跟妻子在一起。任谁都不会觉得这个事过去就过去了，当另一个男人还是自己的继父时，就更加没办法接受。

大志只是个普通男子，他的世界很简单，就是老婆孩子热炕头。他是家中的顶梁柱，出去赚钱养家是必然的。然而，很多悲剧就发生在两个人分居的时候。每个人每天都只有二十四小时，谁也不是谁的跟屁虫，如果有心，女人失踪半个小时就可以怀孕。

大志的前半生已经十分坎坷，他不想再难为自己的下半生，他似乎是对的。

他的母亲带着他嫁给继父，在母亲去世之前他尚可以过一些有母爱的日子，可母亲去世后他便感受不到半点温暖了。他也是一个普通人，他忘不了小时候跟母亲去逛街，在棉花糖的小摊前停下来，只想吃一口那看起来很美味的棉花糖。母亲总是纵容地买给他吃，他吃了几口，把棉花糖举得高高的，问母亲要不要吃，母亲说不要，给小宝吃。他不依，死活要母亲咬上几口，才津津有味地把棉花糖吃完。

他是爱他母亲的，他母亲也是疼爱他的。

在他六岁的时候，父亲喜欢上了另一个女人，要跟母亲离婚。父亲问大志，是跟爸爸还是跟妈妈，他说跟妈妈。他就这样跟着妈妈来到了这个村庄，跟着继父生活。没想到母亲去世后，继父会做出这种伤风败俗之事。

大志也是一个男人，他明白男人的生理需要，可那个女人是他的妻子，继父怎么下得了手？唯一的解释是继父对他没感情，以为智商不足的女人不足以将事情的真相说出去。

俗话说：天下没有不透风的墙。要查出真相还不简单吗？现在医学那么发达。

有一句话大家都耳熟能详：无论走了多远，别忘了为什么而出发。

当初说结婚就结婚，现在能说离婚就离婚吗，有没有想过对方的感受？况且秀清才是受害者，这段婚姻真的不能挽回了吗？

就算两个人不是因为相爱而走到一起的，但男人总得为了婚姻负起该负的责任。

婚姻是什么？是无论别人对你的爱人怎么指手画脚、怎么说她不好，你都得像个汉子一样说一句：我宠的！我惯的！怎么啦？

而不是因为自己的面子问题，抛弃对方。

妻子是什么？

妻子就是娶进门，就算日后遇到比妻子好一百倍的女人都不会抛下的那个人。

妻子就是她纵有万般错，说她的人只有我一个，别人说一句都得出去为了她而拼命。

妻子就是明知她有很多缺点，但从娶她那一刻开始，所有缺点都不成问题，并有决心将之改正。

婚姻是一道选择题，你可以不选或弃权，但选了之后，便没了后悔这一说。

婚姻是由所有的意外与柴米油盐组合而成，你除了接受，别无选择。

有人可以一见钟情，但更多的是日久生情。随着年月的沉淀，除了感情加深，还有不可忽视的亲情。

所谓爱情，不过是感觉，而时间越久，感觉才会越深。

珍惜你所拥有的，保护你所拥有的，未来或许很艰难，但走下去，走出一片艳阳天，艰难的日子也不是那么难熬。

浪子型男人抓住女人的心?

“冷风吹，心里空虚，车飞向远方，在无力伤心的人是谁？”这是刘德华某首歌中的一句歌词，唱得听者心都碎了。那一抹空洞的眼神、似乎刀枪不入的身躯与无奈的表情，加上令人心酸的声音，很容易让人产生一种想好好拥他入怀的感觉。

他天生是一个浪子，正因为这种无所谓的神态，让女人对他产生了某种情愫，是爱或是恨?

爱到入心入肺，恨不得替他去生活，可是他根本就不需要；是恨，恨他不接受别人对他的好，看着他颓废的样子，真的让人心痛。

浪子型的男人就像一只没有脚的小鸟一样，注定一辈子都会在天空飞翔。他们享受那种飞翔的感觉，如果你爱上了，只能陪他一起飞，却千万别奢望他会疲倦地停留在你的港湾。那种希望会折磨你，让你变得连自己都觉得陌生。

爱上浪子型的男人是危险的，却又是痛快的，如同刀口舔血的感觉始终让人感到兴奋，同时刀也会让你受伤，一不小心，你的舌头就会被刀割破，流血不止。凡事都有两面性，你在享受着感官兴奋的同时，又不想让自己受到伤害，那么尺度就要把握好。

很多女人认为自己的控制力很好，对感情能够收放自如。浪子型的男人给人的感觉是很容易控制，甚至可以把握住，其实不然。

他们对女人有致命的吸引力，那种淡淡的忧伤，让女人母爱泛滥。但他们是不会为了某个女人而停留的，所谓浪子，流浪是他们一生的宿命，让他们留在你身边享受平凡的生活，早看朝阳晚看霞，对他们来说，生不如死。

毫无疑问，忧郁的眼神、若有似无的淡淡伤感、磁性的声音，香烟点燃时永远看不清的真实面孔，更增添了他的神秘感，这些都让女人忍不住去接近他，想走入他的世界。但有些女人也很聪明，知道这种男人总有一天会让自己伤心。所以，她们宁愿去接受追她们的，也不愿意花太多力气去了解一个像云似雾的神秘男人。

吸引，并不等于就要以身相许，那是两个不同的概念。我身边有个朋友，对这种浪子型男人完全没有抵抗力，见一个爱一个，但也仅仅是限于柏拉图之恋。这类感情一旦上床，随即玩完，就好像掀开了那层神秘面纱一样，再也没有吸引力。

女友对这种男人早就看得透彻，她觉得这类男人就像饭后甜品，偶尔品尝其乐无穷，一旦与其生活，将是痛苦的开始。你永远没有办法想象，一个只懂风花雪月的男人是怎样在这个年代生存的：他们吃完饭将碗一推，坐在一边点起香烟继续他的忧伤，留下你一个人在那里手忙脚乱地收拾，还要像侍候大爷一样伺候他洗澡上床睡觉，就差在床上吟一首“床前明月光”了。

可想而知，现实与梦想总是相差几个银河系那么远。现实需要柴米油盐、需要人间烟火，而浪子型的男人太梦幻，他们甚至不知道什么叫生活，他们不了解为什么在脏兮兮的菜市场跟人买大白菜还要讨价还价省下几毛钱。他们的世界似乎只要有香烟、啤酒、音乐就可以过一辈子。城管打人跟他没关系，大白菜卖多少钱一斤也跟他没关系，他们像是不食人间烟火的代表，只负责吸引那些涉世未深的少女，只要有人对他献殷勤，他们就有了所谓的成就感。

或许在上世纪八十年代他们更是具有代表性，现在的人们已经看清了他们的真面目，知道爱是一回事，与之生活又是一回事。所以，女人往往聪明地在他们身上享受精神的愉悦，却守在另一个待她如宝贝一样的男人身边。时代进步了，女人知道平凡的沾有人间烟火的男人更适合自己，与自己息息相关，再也没有那种傻到以为爱一个人可以三餐不继、没钱买裙子扯块窗帘布就可以遮体的女孩。出门坐车要钱，打电话要钱，在外面买一瓶水都要钱，浪子型的男人真的已经不适合时代了。

并不是说浪子型的男人就一定没钱，只是生活方式不一样罢了。他们喜欢流浪，而女人普遍向往安稳的生活，就这一点，已经将女人本该向前的脚步又拉了回去。

也有不少飞蛾扑火的女人以为自己可以改变一个浪子，让那只没有脚的小鸟停留在自己身边。真是天真得可笑，让一个没有脚的小鸟停留，除非是死了，不然它不可能停下流浪的脚步。

浪子放荡不羁，他们流连花丛，甚至以此为荣。他们换女人的速度就好像换衣服一样，久而久之，他们习以为常，认为不换女人才有问题。他懂得怎么吸引女人，他们天生懂得吸引，却不挽留。你走，我送你；你留，我无所谓。他们就像软皮蛇一样，没有底线、没有原则，只享受过程。他们甚至会在与你交往的时候捧出他的心，暗暗告诉你，我是爱你的——至少现在是的。

有句话说得好："江山易改，本性难移。"很多女人不要求自己是对方的第一个女人，只希望自己是最后那个。

女人有时也很聪明，当浪子发出危险的信号时，她们便会退回去不再付出，及时止损。

到底怎样的男人才能真正抓住女人的心呢？

据调查，一半以上的女人对70后大叔没有抵抗力，他们对生活有经验，面对难题临危不乱，最重要的是年轻有为、有车有房，不过可惜，往往也有妻室。

相比于浪子型的男人，大叔给人的安全感显然略胜一筹。有利有弊、有得有失，不然，你以为那么多小三是怎么来的?

你有没有留意过，大叔年轻时是怎样一个人？他们也颓废过、失败过、挫折过，哭过、痛过，最终才成了一个阅历丰富、无所不能的大叔。我们身边从来不缺乏将来能成为大叔一样的男孩，我们称他们为潜力股。只要守在他们身边，假以时日，总有一天，身边那个小男孩变成大叔时，你才不至于错过。

相处三年，不是结婚便是分手

三年足够看清一个人，时间太短不行，上班尚且有三个月试用期。闪婚闪的是勇气，像站在悬崖上闭着眼睛跳下去一样，需要面对的是什么都不知道，只是觉得自己有能力去维持或维护这个家。“只要功夫深，铁杵磨成针”的毅力放在婚姻里面并不适合。不说“贫贱夫妻百事哀”，婚后出轨的事也不少。怎样拆除那个炸弹？稍有不慎就有可能被炸得粉身碎骨。

相处太久会有惯性，很难分清是爱还是习惯，三年后如果还没结婚，那便分手吧，可能你根本不想跟他在一起。一段感情拖得太久，会因为惯性而在一起，少了很多激情，又觉得没必要结婚，实际上可能是在等另一个人出现，他的出现会给你重生的感觉。如果你跟现在这个真有爱情，怎么会浪费彼此的时间而不给对方一个名分？

我从不认为一个人爱另一个人，会在三年之后还不给对方名分，虽然我一直标榜：你开心就好。

而同居涉及的事又太多了，两个人出双入对，彼此都少了很多结识异性的机会。随着年月老去，好男人都名草有主，再蹉跎下去，实在是对自己不负责。

我有个学姐，她跟男友大学毕业就开始同居，如今少说也有三年了，一直拖着不结婚，也不分手。三年对情侣来说其实是一个关口，就好比婚姻中的七年之痒一样。

她说，人很奇怪的，每一天接触的事物不同，思想也会随之变化。三年前我渴望有一个家，可是那时候条件不允许；如今条件允许了，却发现对方不是自己一辈子的伴侣，十分痛苦。如果三年前一头栽下去，顺理成章地结婚生子，今天也许就不会想太多。如今亲人们都已经把对方当成了自己的一部分，而自己发现还可以选择更好的，自己还有其他机会。自己跟他没名没分，心就开始游移了。随着时间消逝，发现自己跟他的距离也在拉大，以前没发现的问题都慢慢涌现出来，真是可怕。所以说，女人要想找一个情投意合又能带着自己往前跑的男人，并且一直保持这种提携者身份的男人真心少之又少。

感情中最恐怖的是什么？不是牵着他的手像左手牵右手，而是就连做爱做的事都变成了例行公事，有的干脆各自躺在床的一边，同床异梦，真是够了！

我问她：那你是打算分手了？

她回答说，这么多年的感情摆在那里，他又没做错什么，如果我这么轻率地跟他说分手，他会不会很可怜？

女人就是这样，明明一份感情都变成鸡肋了，仍然在为对方着想，有时女人的圣母病发作起来真要命。看样子她始终做不出有负对方的事，我只好说，或许他也在等着你跟他说分手呢。

有些男人就是这样，明明已经食之无味，又不想自己当罪人，当然让对方先说，这样一来他没有负罪感，也好寻找下一个。要不然呢？你真以为你离开后他就会鞋子袜子满屋飞、三餐不继？你想太多了。

就这么拖下去也不是办法，不如分开彼此想想是否还有必要在一起。如果分开后仍然想念、仍然觉得对方最好，再在一起也不迟。

她终于跟他说了分手，每周坚持自己上下班。分手是她提出的，没必要做出一副被甩的样子，照样给家里的花瓶换花，给他留下来的金鱼换水，抽空重读英语来充实自己。自小她就喜欢画画，如今用多出来的时间重新拿起画笔。她每次出门总会带相机，用镜头记录下生活的点点滴滴。最近她打算去一趟韩国，将未完成的事慢慢完成……

一个月过去她依然孤身一人，而且已经开始习惯一个人生活。

家里没有人等待，她也乐得清净，再也不用煮好饭等他回来，对她来说也是一种享受。

只是没想到，才一个月不到，他身边已经有了新人。所以你看，你离开后，你的位置很快会有人填补上，谁会一心一意地等你回来？

三年时间已经足够长，如果不能走下去，结局便只有一个，就是彼此放手、分道扬镳，没有例外。

生活就像一潭湖水，有人扔下石子才会荡起涟漪。投入你心湖的那颗石子如果不再能激起波澜，何不换一颗？

回想当初，她常常会感慨："就算我不提出分手，他也会跟我说分手吧？只是时间迟早的问题。"

我笑："那么，你还纠结什么？"

她搂了搂自己的肩膀，瘦削的肩膀一如几年前，她的身材仍然保持得很好。有些人因为一个人生活，便没有顾忌，开始放开肚皮大吃大喝，她并没有，她的自律比我想象的还要好。她说："只是后悔自己做了坏人。如果开口的那个人是他，我不会觉得对他有亏欠。"

我说："我以为你早已经放下了，你与他，从分手的那天起就已经再没有一丁点关系了。冰冻三尺，非一日之寒。谁先开口重要吗？不管开不开口，你们都已经走到那个地步了，反正都要死了，谁插谁一刀又有什么关系？"

她居然噗的一声笑了出来："跟你聊天真好，明明是那么伤感的一件事，居然忍不住笑了。"

我拍拍她的肩膀："我知道结束需要勇气，你已经做得很好了。既然缘分走到尽头，再挽留也是浪费时间，不是吗？"

我劝人为善，也劝人放手，只有放开手，才能拥有更多。一个人也没什么不好，一个人吃火锅、一个人出门旅行、一个人看电影又有什么关系？重要的是你开心就好。即便偶尔孤独，打发寂寞的方法也有千万种，总有一款适合你。

或许偶尔午夜梦回，始终放不下那段曾用心经营的感情，一个人端坐漆黑的客厅时总会设想：如果当时怀孕了，有了他的孩子，结果是不是就不一样了？然后看着黎明到来，习惯黑夜的眼睛逐渐适应了白天，猛然想起：今天还有个重要的客户要见，哪有时间悲秋伤月！

赶紧起来洗个澡，换上新买的套装出门，过去的已经过去，握在手里的始终只有现在。

与其说舍不得，不如说现在正是空窗期，难免会孤枕难眠。有很多人在羡慕你的单身与自由，至少你还可以重新挑选。有些人已经结婚生子才发现自己选错了人生伴侣，发现选错的时候已经没法回头。这么一想，你心里是不是舒服多了？

爱，是做出来的吗？

他从燕妮的床上起来，穿上揉成一团的衣服。燕妮亲昵地靠了过来，她的长发染成了酒红色，虽然化了妆，仍然看得出皮肤底子很好。身材就更不用说了，要不然怎么能让他从淑仪的床上爬到她的床上？

以往他会点一根烟，微笑着静静地看她撒娇的娇俏样子，可是刚刚她在床上提出了一个问题：“我跟她，你选谁？”

不就是认识了半年，这三个月几乎天天跟她在一起吗，她就有信心跟淑仪决一死战了？她不知道，淑仪已经跟了他五年。五年不是一个短时间，而且淑仪刚跟他在一起的时候两个人也是天天在一起。她哪来的信心，觉得他会抛弃淑仪跟她在一起？

他抽完一根烟，又点了一根，那暗红色的火在黑暗中特别醒目。他又不是傻的，当然知道她并不爱他，她只是喜欢他开车载着她在路上飙，喜欢他带她去购物的时候眼睛都不眨地刷卡的感觉，喜欢她生日的时候有人陪她吃晚餐，仅此而已。

时光的好处在于你可以把一个人看得更清楚，他问：“如果我一无所有，你还会跟我在一起吗？”

燕妮一愣，随即笑着说：“当然。你一无所有，我还会跟你在一起。”

“你要想清楚，不能再进出高级餐厅，进名店的可能性为零，你会很难受的。”

她笑了笑，拨了拨精心料理过的长发，娇笑着说：“可是失去你的感觉会更难受啊。”

他几乎能肯定，她在说这话的时候根本不知道自己在说什么。如果一个人紧张你，根本没时间去搔首弄姿。她在说谎，从一开始她搂着他说爱他的时候就已经在说谎了。

他想起谁说的那句话：爱是做出来的。他曾经也十分赞同这句话，当一开始的激情消退之后，男人的感觉也随之消失。他看穿了为了迎合他而皱着眉强忍的淑仪，也看出淑仪对他的容忍。他与燕妮都已经快半年了，淑仪不可能一点都不知道，但为了顾全大局，她装作什么事都没发生一样，照样跟闺密逛街、喝茶，时装新款一件没有落下，并且品位越来越好。因为不用陪他，她有大把时间可以研究时装或其他。

重新审阅一个人的时候总会忍不住牵扯到前尘往事，他并没有忘记初识淑仪时她的青春与单纯，还有一起成长的点点滴滴。都说是旧不如新，那是旧的不懂进取、不懂得与他共同进步。如今，旧的并没有任何理由要抛弃，反倒是新的有点沉不住气了，而且还有些不自量力。

胜负已分，他冷冷地看着她："你知不知道，你的戏演过头了？"

燕妮脸色瞬间一变，她也不再装了，背着他穿好衣服，然后打开手掌："谢谢老板，三万。"

"三万？"他错愕地抬起头。

她仰了仰头："三万分手费，日后不再找你麻烦。你也知道，如果被你那个女朋友知道我跟你的事，也不知道她会怎么闹，对不对？"

他微笑："她早就知道了。"

看他不为所动的样子，她的脸色变得更难看了："你给也得给，不给也得给。"她扬了扬手中的手机，"这里有你聊天的记录还有声音，我觉得有些女人就是比较会欺骗自己，真相没被揭穿之前总是可以当什么事都没发生。如果让她知道你背着她跟别的女人在一起，我想，就算是她爱你，也会离你而去吧？"

他牵了牵嘴角，熄灭手中的烟，拿起外套穿上，然后把钱包里的钱塞在她手里："没有三万，但你要记住，如果我要你消失，根本用不了三万，懂吗？”

燕妮接过钱，数都没数就塞进包里，但颤抖的身子还是出卖了她惊恐的内心。

她当然明白，分手费要男人自愿给，是她太胆大妄为了。她还以为他在床上的柔情全是真的，没想到重要关头他居然翻脸不认人。她更明白，三万元完全可以用来买凶杀了她，所以，拿着仅有的好处，她从他的世界里消失了。

她在男人身上学会抛弃自己的尊严也不是第一次了，下次或许她不会再这么不自量力。

后来她也学乖了，对方有女朋友或老婆的，坚决不会在一起，连一起吃个晚饭都觉得侮辱了自己。吃什么饭啊，这年头谁还没吃过饭？

有眷莫谈，这是谈恋爱的第一条规则。

电影里的小三都没有好下场，目的是想告诉大家，做了伤害别人的事，也必被别人所伤害。现实生活中也一样，所有的第三者都活得不痛快。当激情消退，回归平淡，人们便开始回想以前的种种，他们要面对的可能是长期的内心谴责，最终过不了良心那一关。

爱情没那么伟大，当身边的邻居朋友都知道你是第三者的时候，他们都会用另一种眼光去看你，在你看不见的地方批判你。不要觉得：只要我那位对我好就行了，谁会在意别人的眼光啊？那种得一想二的男人，真的是你想要的吗？

我们最终需要活在阳光下，要活得坦荡而自在、高尚而美好，更应活得尊重而不受伤害。

有些爱，真的不是做出来的。下半身思考的动物一旦过了所谓的需要，便不是真的爱你。有些人活在男人的脑海里，有些人活在男人的身体里，前者始终是不灭的灯火，后者的感觉则会随着时间而消失不见。最后你会发现，没有哪种感觉是永远不变的，只有记忆如新，只有相思永存。